テメレア戦記 5

鷲の勝利

ナオミ・ノヴィク　那波かおり=訳

テメレア戦記5　鷲の勝利　下　目次

第二部

主な登場人物と竜

テメレア

中国産の稀少なセレスチャル種の大型ドラゴン。中国皇帝からナポレオンに贈られた卵を英国艦が奪取し、洋上で卵から孵(かえ)った。英国航空隊ドラゴン戦隊所属。すさまじい破壊力を持つ咆吼(ほうこう)〝神の風(ディヴァイン・ウィンド)〟と空中停止(ホバリング)は、セレスチャル種だけの特異な能力。中国名はロン・ティエン・シエン（龍天翔）。学問好きで、美食家で、思いこんだらまっしぐら。ローレンスとの絆は深く、強い。

ウィリアム（ウィル）・ローレンス

テメレアを担うキャプテン。英国海軍の軍人としてナポレオン戦争を戦ってきたが、艦長を務めるリライアント号がフランス艦を拿捕(だほ)したことから運命が一転する。洋上で孵化したテメレアから担い手に選ばれ、国家への忠誠心ゆえに航空隊に転属するが、いつしかテメレアがかけがえのない存在に。竜疫が全世界に蔓延するのを阻止しようとするテメレアとともに、特効薬をフランスに手渡したことから、国家反逆罪を着せられ、監禁の身となった。

英国の人々

ジェーン・ローランド……空将、エクシディウムを担う女性キャプテン。ローレンスとは恋人関係だったが――

ジョン・グランビー……イスキエルカの担い手。元テメレア・チームの副キャプテン

バークリー……マクシムスの担い手。ローレンスの訓練同期生

キャサリン・ハーコート……リリーを担う女性キャプテン。トム・ライリーの妻

トム・ライリー……ドラゴン輸送艦アリージャンス号艦長。元ローレンスの部下

ネルソン提督……国家的英雄。〈トラファルガーの海戦〉で大火傷を負うも生還を果たす

ウェルズリー将軍……英国軍の主導権を狙う、知略に富んだ陸将

サンダーソン……ドーヴァー基地の司令官、空将

エミリー・ローランド……見習い生。元テメレア・チームのクルー。ジェーンの娘

アレン……士官見習いの信号手。元テメレア・チームのクルー

ディメーン……コーサ人の少年。元テメレア・チームのクルー。航空隊士官見習い

サイフォ……ディメーンの弟

ホリン……伝令竜エルシーの担い手。元テメレア・チームの地上クルーの長

ゴン・スー……中国から連れてきた料理人。元テメレア・チームの一員

アレンデール卿……ローレンスの父。伯爵。ノッティンガムシアに広大な地所を持つ

レディ・アレンデール……ローレンスの母。伯爵夫人

ジョージ……ローレンスの兄

バートラム・ウールヴィー……アレンデール卿の友人

イーディス……ウールヴィーの妻。ローレンスの元恋人

サルカイ……野生ドラゴンの言語に通じ、卓越した身体能力と知性をもつ謎の男

ペナヴァン繁殖場のドラゴンと人

ペルシティア……中型ドラゴン、交配種の雌。戦闘嫌いだが卓越した頭脳を持つ

モンシー……小柄なウィンチェスター種。ペナヴァンの情報収集担当
レクイエスカト……繁殖場を支配する巨大なリーガル・コッパー種
ゲンティウス……ロングウィング種。老いてはいるが毒噴きの能力は健在
バリスタ……大型のチェッカード・ネトル種、雌。棘のある尾は破壊力抜群
マジェスタティス……大型のパルナシアン種。冷静沈着で束縛を嫌う
カルセドニー……イエロー・リーパー種。戦場では熱血の勇士
カンタレラ……イエロー・リーパー種のまとめ役の雌ドラゴン
ミノー……理知的で観察力にすぐれた雌ドラゴン。小柄な混血種
ミスター・ロイド……ペナヴァン繁殖場を取り仕切る飼養長

その他のドラゴン

マクシムス……バークリーが担う巨大なリーガル・コッパー種
リリー……テメレアの所属する編隊のリーダー。毒噴きのロングウィング種
イスキエルカ……グランビーが担う火噴きのカジリク種
アルカディ……仲間を引きつれて英国に渡った、パミール高原の山賊ドラゴンの長
ガーニ……アルカディの仲間。野生の雌ドラゴン
エルシー……ホリンが担う伝令竜。ウィンチェスター種

フランスのドラゴンと人々

ナポレオン……ヨーロッパ大陸の覇者となり、英国侵攻を狙うフランス皇帝
リエン……故国中国を離れ、ナポレオンの参謀となった純白の雌ドラゴン。セレスチャル種
ダヴー……陸軍元帥
ミュラ……陸軍元帥。ナポレオンの義弟
タレーラン……外務大臣

第二部

10　奪還作戦

「確かにぼくは将校になった」と、テメレアが言った。「でも、だからって、あなたを行かせて、ぼくだけここで待たなくちゃいけないという法はないよ」

「いや、いまのきみの立場は将官に相当する。待つことできみが卑小に見えるということはないと思うけれどね」ローレンスは言った。「だいいち、二十トンもあるドラゴンに隠密行動は無理だ。とにかくグランビーを救い出すために、なにがいちばんいい手なのかを考えなければ」

「でも、もし、あなたが敵に捕まったら？」テメレアが言う。「ぼくまでイスキエルカと同じになってしまう。あなたを守るのがぼくの務めなのに」

以前にも、これと同じような議論をテメレアと交わしたことがあった。あれはイスタンブールにいるときだ。ただし、あのときのテメレアには、はじめて直面する事態への頑強な抵抗があった。しかし今回は、決然とした反論というより不満の表明になっていた。

ローレンスは、テメレアをなだめようとして言った。「ここで言い合っている時間はないんだ。救出できるかどうかに、グランビーの命がかかっている。一刻も早く対処しなければならない」

テメレアは頭を腹に押しつけるほどうなだれ、冠翼は倒れきったままぴくりとも動かなかった。いたたまれないようすで、牧草地の積み藁をかぎ爪で散らし、地面を掘り返し、幾筋もの溝を刻んでいる。

ローレンスは、テメレアが不本意な会話をするときによく見せるこのしぐさに感謝した。いくぶん罪悪感は覚えたが、顔を見られていないおかげで、自分の真意を裏切るような発言も、どうにか押し通すことができたからだ。ふつうの状態なら、これと同じ事態が起こっても、救出には向かわないだろう。自分が捕まるようなことがあったら、テメレアまで敵の捕虜になってしまう。ただでさえ窮地に立たされているときに、さらなる危険を冒すわけにはいかない。グランビーとイスキエルカを救出できる見込みが薄いのなら、なおさらだ。

しかし、いまの自分の状態はこれまでとはちがう。自分は法的にはすでに死んだも同然の人間だ。その命にさほど価値があるとは思わない。むしろ、捕虜になるより戦死したほうが、厚遇される権利も生まれよう。自分の死後も、テメレアと英国の縁は切れずにつづくだろう。テメレアはいまや、自分という担い手を介してではなく、ウェルズリーと直接の契約を結んでいるのだから。

ローレンスは、ひとりで敵陣に乗りこむつもりだった。行動をともにしていた仲間のうちで、イスキエルカは正規のクルーを乗せた唯一のドラゴンだった。そして、空尉、空尉候補生、地上クルーまで含めたイスキエルカのクルー全員が、イスキエルカとともに敵に囚われてしまった。いまここには、ローレンス配下の数人のクルー、そして、野生ドラゴンに乗っていた上級士官、ダンとウィックリーのふたりしか残っていない。

ダンとウィックリーは、以前は空尉候補生としてローレンスの配下にいた。タミール高原の野生ドラゴンの言語、ドゥルザグ語を習得し、通訳として使えるため、その後アルカディの乗組員になった。彼らといっしょにドラゴン語を身に付けた仲間の士官たちも、ふたりと同じように言語能力を買われて、いまはほかの野生ドラゴンに乗っている。

だが、彼らのほとんどは、青年というより少年と呼ぶほうがふさわしい若者ばかりだった。そんな若い士官たちを、このいちかばちかの救出作戦に付き合わせるわけにはいかない。

サルカイも、彼らの参加に関して首を横に振ったあと、ローレンスに言った。「どうやら、わたしとあなただけで行くことになりそうですね」

「いや、きみにそんな義務はない――」ローレンスは言った。サルカイは、一時的に英国航空隊と契約を結んでいるが、その契約は今回の敵陣侵入という過酷な任務を義務づけるようなものではないはずだ。

「仰せのとおり」サルカイは丁重に返しつつ、片方の眉を吊りあげてみせた。同行の意思を撤回するつもりはないということだ。ローレンスは感謝の一礼を返すと、それ以上なにも語れなくなった。

飛行士が着る深緑色の上着を、武具師のブライズが着ていた革製の作業着と交換した。その作業着には大きなポケットがいくつもあり、武器を忍ばせることができた。ピストル二丁、切れ味のよいナイフ、ブライズから借りたハンマー一本。サルカイから手渡された土を顔に塗った。すでに両手には、爪のなかまで入るように土をこすりつけている。

その準備をダンが遠くから眺めているのにローレンスは気づいた。ためらいと迷いの表情を浮かべ、ほかの士官たちのほうをちらちらと見やっている。しかし、ダンは同行を申し出てこなかった。臆病だからではない。自分のもとで働いていたとき、ダンはその勇敢さを身をもって証明してみせた。それはいまも変わりないとローレンスは信じている。

ダンが同行をためらう理由は別のところにあると想像し、苦い思いを嚙みしめた。ダンはふたたび自分のもとで任務に就くのがいやなのだ。この救出作戦に協力しても、ダンの軍歴に傷がつくわけではない。それどころか、彼が行かない選択をし、ローレンスが戻らなかった場合のほうが、傷をつける可能性がある。ということは、ダンの行かないという選択は彼自身の主義によるもの、つまり国家の反逆者には与したくないという信条によるものなのだ。

ローレンスはうつむいてピストルに弾をこめる作業に集中し、それ以上ダンの葛藤を見ないようにした。非難や不承認にさらされる感覚は、もはやそれほど重要ではなかった。いまは、傾きかけた艦体を立て直したときのような気持ちだ。もちろん、艦首は海岸を向き、行く手は真っ暗闇。風向きしだいでは岩礁に乗りあげるかもしれない。しかし少なくとも自分がなにをすべきかわかり、それを実行できる自由がある。

十分たらずで準備が整った。ローレンスとサルカイが出発しようとしたそのとき、ゴン・スーが樹皮でつくった皿に二本の肉の串刺しを載せて持ってきた。小さな心臓と肝臓で、さばいたばかりの内臓はまだ湯気を立てていた。火は通していない。ローレンスはまじまじとそれを見つめた。

「このなかに、小さな〝神の風（ディヴァインズ・ウィンド）〟入ってる」ゴン・スーが説明した。それは先刻のテメレアの咆吼（ほうこう）が期せずして殺した鳥のものだった。「これ食べるの、幸運のおまじない」

ローレンスは迷信には距離を置くほうだ。しかし、差し出されたそれを食べた。なんであろうが、運がつくと言われるものを拒（こば）む気になれなかった。サルカイも皿から串を取って食べると、外套（がいとう）のフードをかぶった。こうして連れだってふたりは街道に出た。

「グランビーはフランスに送られてしまったかもしれませんね」家畜商の荷馬車の後

部で、サルカイが中国語で言った。

「英国艦とぶつかる危険、ないよう望む」ローレンスも中国語で返した。テメレアが躍起(やっき)になって発音を直そうとしてくれたが、中国語はあいかわらず、かろうじて伝わるという域から上達しない。しかしそれでも中国語を使えば、興味しんしんの家畜商に内密の話を聞かれずにすんだ。没収される前に売り払ってしまいたい牛たちを引き連れた家畜商には二シリングを手渡し、ロンドンの市場まで乗せていくよう頼んであった。

サルカイがうなずいた。もしフランス軍によるロンドンの支配が滞(とどこお)りなく、少なくとも監獄を設けるまで滞りなく進んでいるのなら、ナポレオンは安全策を取り、グランビーをロンドンにとどめておくだろう。貴重な捕虜をイギリス海峡に送りこみ、海上の戦闘で失うような危険を冒すはずがない。捕虜を失うどころか、火噴きのカジリク種が逆上し、フランス軍に襲いかからないともかぎらないからだ。

フランス側がグランビーの処遇の判断にいささか時間を要して、まだ彼が近くで監禁されていることをローレンスは望んだ。そうでなければ、もはやチャンスはないに等しい。

ロンドンまでの最後の二マイルは焦燥感に苛まれた。朝にはもっと短時間で五十マイルを飛んだというのに、荷馬車は遅々として進まない。そのうえ、ロンドン郊外が早くもフランスの田舎のようになっていた。何万人ものフランス軍兵士が宿営をつくるのに忙しく、フランス語で声をかけ合い、ドラゴンたちに指示を出している。

ドラゴンたちは溝を掘り、石を動かし、道の拡張も行っていた。愛国心より商売っ気の勝った地元の商人たちが、野営内の通路を行きつ戻りつし、食べ物や、さらに儲けを見込める酒を売っている。おかしなアクセントのフランス語の甲高い声があちこちから聞こえた。「一フランクダヨー、ムッスー!」「シル・ヴー・プレイト!」それですら、すでに上達のあとが感じられた。

「あの男はどこまでも改革をつづける気のようですね」サルカイが建設中の建物のほうを顎で示して言った。巨大な石が地面に並べられ、ドラゴンが踏み固めて高床ができると、そこにしっくいが流しこまれ、角ごとに丸太柱が立つ。どうやらドラゴンのために壁のない大きな休憩所をつくるつもりらしい。

さらにロンドンに近づくと、それと同じ建物が完成し、実際に使われていた。建物の床の三辺でドラゴンが眠り、その三頭に囲まれた空間に大勢の兵士がいた。これなら冬でも――英国軍兵士よりずっと――暖かく眠れることだろう。こんな取り組みも、敵が長い占領を視野に入れているからだ、とローレンスは思った。ナポレオンは短期決戦を考えてはいない。あの男は時間をかけて、占領の日常的な耐えがたさを麻痺(まひ)させていくつもりなのだろう。

家畜商のもとで働く少年たちに追い立てられた牛の群れが、鳴きながら荷馬車のあとをついてきた。干し草の強烈な臭いと土ぼこりが立ちこめている。ロンドンの街にたやすく入ることができたのも、金を与え、このような悪環境に耐えたからだった。オルダーズゲート・ストリートにフランス軍の軍曹(ぐんそう)が立っていたが、荷馬車を呼びよせると、たいまつで照らし、おざなりな尋問だけで家畜市場のあるスミスフィールドの方角を指差し、家畜商とその連れを通した。

ローレンスとサルカイは、検問を通過しても、まだ荷馬車からおりなかった。しばらく行って市場への角を曲がるところで、サルカイが家畜商と少年たちの死角に入ったことを確認し、ローレンスの肘(ひじ)に触れた。それを合図に、家畜商には挨拶(あいさつ)もなく、荷馬車の後部から飛びおり、小路(こうじ)にまぎれこんだ。

まずはニューゲート監獄に目星をつけた。ローレンスはパブに入り、数枚のコインでかなりの量の噂話を聞き出した。ほとんどは無価値か的外れだったが、ナポレオンがケンジントン宮殿に滞在しているという有益な情報を入手した。また、「ナポレオンの異様に白い、赤い眼をしたドラゴンが、育ちすぎたウナギのように、ハイド・パークに横たわっている」という目撃譚が店の客たちを震えあがらせていた。

サルカイは――こういう場合もそう呼べるならだが――さらに幸運だった。フランス軍に捕らえられた捕虜が何人か刑務所に入っているが、この日新しく入った者はいない、つまり、その到着を見た者はいない、という情報を入手した。

聞き出すまでもなく、イスキエルカのことが噂になっていた。イスキエルカもまたハイド・パークで目撃されており、二頭の牛をたいらげ、街を火の海にしたとのことだが、〝街が火の海〟というのは、もちろん眉つばものだ。そして最後に、ひとりの道路清掃人が、英国軍の飛行士もクルーも、きょうはニューゲートに到着していないことを誓ってもいいと言いきった。

「ありがたいことに」と、サルカイは言った。「海のほうには行っていないようです。イスキエルカがロンドンに来てから、大きなドラゴンが飛び立ったという目撃情報はない。ドラゴン輸送艦で運んでもいませんね」

「グランビーはケンジントン宮殿にいるのかもしれないな」しばらく考えてから、ローレンスは言った。

「だとすれば、好都合」サルカイがあっさりと返した。

「考えすぎかもしれないが」と前置きして、ローレンスは言った。「一度きりの会話の印象なのだが、ナポレオンは度しがたく誘惑を好む人間だった。やつは、誰もが理性的に無理だと決めつけるような状況で、自分には誘惑するチャンスがあると信じこむ。つまり、もし、グランビーを配下におけるかもしれないと考えたら、やつはぜったいにそのチャンスを逃そうとしないだろう」

サルカイはじっと聞き入ったあと、肩をすくめて言った。「それでは、われわれもチャンスを逃すわけにはいきませんね、すぐに行動しましょう」

メイフェアのはずれまでたどり着いたときには、日が暮れていた。街には暮らしの匂いが残っていたが、ごく控えめだった。居酒屋には人の気配があり、新しいビールの匂いが汚れた敷石の上まで漂ってくる。閉じた鎧戸からランプの明かりが洩れている家もある。街を逃れる意思がないか、あるいは手立てのなかった人たちが、まだなかにいるのだろう。

この上流階級の街では、ローレンスがサルカイを先導した。メイフェアのことならよく知っていた。父親の町屋敷の前を過ぎ、父親の友人や、政治的つながりをもつ人物の屋敷の前も通り過ぎた。ローレンスの海軍時代の知人の屋敷もあった。どの屋敷も鎧戸が閉じられて、明かりはない。驚きはしなかった。静けさも捨てられた家々も予測がついていた。破壊や略奪の跡すら見ることになるかもしれないと覚悟していた。黙々と足を運び、街の損傷程度をいちいち確かめることもしなかった。

しかし、ドーヴァー・ストリートに出たとき、はじめて驚愕に打たれた。通りが馬車で埋まり、とある大きな町屋敷の玄関前に、十人ほどのたいまつ持ちが立っていた。付き添い(シャペロン)を伴ったうら若き淑女(しゅくじょ)、英国紳士、フランス人将校らが、玄関前の階段をのぼっていくのが見えた。騒がしい音楽と笑い、皿の触れ合う音などが、屋敷のなかから聞こえてくる。

ローレンスは通りに茫然(ぼうぜん)と立ちつくし、ようやくサルカイから腕を引かれて暗がりに身を引いた。「ここはなにかありそうですね。ようすを見ますか」サルカイが言った。ローレンスはくすぶる怒りで、しばらくは口もきけなかった。ローレンス自身はこの屋敷を訪ねたことはない。しかし、客のひとりはリヴァプールに関わりがあり、父といっしょに政治活動をしたことのある人物だった。

自制心を掻き集めて、サルカイを促し、通りに沿って数軒先の別の屋敷の前まで行った。その屋敷はなかに人がいるようだが、鎧戸からかすかに明かりが洩れているだけで、ひっそりとしていた。征服者を歓迎するパーティーを開いていないことは確かなようだ。ローレンスとサルカイは、屋敷の門のそばで待機した。ここにいれば屋敷の召使いか馬番と見なされて怪しまれることもないだろう。幸いにも、この屋敷の人々はすでに就寝しているようだ。

一時間ほどそこで待った。小さな足踏みで寒さをしのぎ、新たな馬車が到着するたびに、くだんの屋敷のそばまで行って、ようすをうかがった。馬車がつぎつぎに乗客を吐き出した。そのたびにローレンスのなかで新たな怒りに火がついた。ステーキを焼く匂い、フランス語の高歌放吟(こうかほうぎん)。フランス人将校とワルツを踊る淑女の姿がバルコニーの開いた戸から垣間見えた。自分たちの前を通り過ぎる馬車のほとんどが、その屋敷の前で止まった。なんと嘆かわしい晩餐会(ばんさんかい)だろうか——国王がスコットランドに逃げ、何千人という英国人兵士が戦死し、捕虜になっているときに。

騎馬隊が列をなして道をやってきた。ナポレオンの老親衛隊であることは、そびえるような帽子ときらびやかな軍服ですぐにわかった。老親衛隊は道をあけろと叫び、通りにいる馬車を押しのけるように進んだ。御者（ぎょしゃ）たちの抗議を冷ややかに受け流し、群衆のなかに大きな馬車が通るための空間をあけた。大きな馬車の金色のドアには、一羽の鷲（わし）が描かれていた。馬車は屋敷の前で停（と）まり、老親衛隊が屋敷の玄関前の階段に整列した。

馬車からナポレオンがおり立ち、階段をのぼっていくのを、ローレンスは見た。ズボンにヘシアン・ブーツ、丈の長い革製の上着。その革は漆黒に染められ、金モールや金ボタンで飾られている。だがそれは上流階級の客間より、空を飛んでいるほうがふさわしい服装のように思われた。ナポレオンの隣にいる男は、おそらくは彼の義弟、ミュラ元帥（げんすい）だろう。ふたりの男は階段をのぼり、歓声で迎えられた。

「ひどいものだな」男の声が間近から聞こえた。ローレンスはぎくりとし、声のするほうを見た。目の前の光景にすっかり気を取られて、ふたりの紳士が馬車をおりてきたのに気づいていなかった。馬車は、まさにローレンスとサルカイが立っている屋敷の正面に停まっていた。ふたりの紳士は、ローレンスとサルカイのあいだにいた。サルカイはわずかに身を引いて、顔がわからないよう影のなかに入っていた。「レディ・

ハミルトンも参加するそうじゃないか」

「そうだ。彼女と、ロンドンに置き去りにされた上流階級の淑女の半分だな」と、もうひとりの紳士が答えた。ローレンスはその声に聞き覚えがあった。「ねえ、きみ」その男がローレンスに呼びかけた。「この通りでなにをやってる？　まるで芝居にでも見とれるように、ぽかんとしてるじゃないか。連中に拍手喝采は不要だよ」

　ローレンスには、声の主が誰かわかり、災いの予兆にぞくりとした。バートラム・ウールヴィー。久しく距離をおいていた知人で、父アレンデール卿の友人。そして、ローレンスのかつての恋人、イーディス・ガルマンの結婚相手だった。それがローレンスとウールヴィーが親しくなれない主たる理由だったが、そんな事情が生じる以前からも、友人として付き合ってはいなかった。

　ウールヴィーは博打好きの道楽者で、それを唯一埋め合わせているのが家柄の良さだった。だが、彼の交友関係はローレンスのそれとはまったくかぶるところがなく、ローレンスは、ウールヴィーには妻の選択眼以外によきところはなにもないと思っていた。

　ウールヴィーは話しかけたのに返事がないことに顔をしかめ、屋敷前の階段をのぼっていった。ローレンスは暗がりにいて、顔に泥を塗りたくっているので、そう簡単には正体を見破られないはずだ。見破られたら一巻の終わりだ。小さな叫びがあがっただけでも、くだんの屋敷の前にいる老親衛隊から十人の兵士が飛んでくるだろう。ウールヴィーが彼らにローレンスを引き渡す気があるかどうかは、その際まったく関係がない。

ローレンスはさっと二歩進み出て、ウールヴィーの片腕をつかみ、その口をもう一方の手でふさいだ。「声を出すな」凄(すご)みをきかせて言った。ウールヴィーが驚きに目を見開いた。「声を出すな。わかったら、うなずけ」

ウールヴィーの連れが言った。「きみは――」それ以上は言えなかった。今度はサルカイが後ろから連れの男をとらえ、片手でその口を覆(おお)ったからだ。

ウールヴィーがうなずいた。ローレンスは彼の口から手を離した。するとすぐまた、ウールヴィーが声を発した。「ウィリアム・ローレンス？　いったいどうして――」

もう一度口をふさぐしかなかった。

屋敷の玄関扉が開き、召使いが不審(ふしん)そうに外のようすをうかがった。「家のなかへ」ローレンスは促した。「早くしてくれ」老親衛隊の注目を引く前に、どうにかウールヴィーを玄関前の階段のほうに押しやった。召使いが当惑し、後ろにさがった。そこにウールヴィーを引き連れて、強引に突進した。すぐあとにサルカイと連れの男がつづき、家のなかに入ったところで、すかさず玄関扉を後ろ手に閉めた。連れの男は、ミスタ・サトンリーズという紳士ではなかったかとぼんやりと思い出す。「なんだ、これは……強盗か?」驚いたというより、疑わしそうにサトンリーズが尋ねた。

「強盗ではない。この家で騒ぎを起こさないでくれ、そこにいろ」ローレンスは、ベルの引き紐にじり寄ろうとする召使いに鋭く言い放った。「ごたごたするのはもう――」そこまで言ったとき、イーディスが部屋着にキャップをかぶって階段の踊り場に立っているのが見えた。

「ねえ、バートラム、もう少し静かにできないものかしら。ジェームズが眠ったばかり――」イーディスも口をつぐんだ。

全員にとって気詰まりな沈黙が流れた。ついにウールヴィーが居丈高に言った。

「きみから説明したまえ、ローレンス。なんの目的でわたしの家に押し入ったかを」

「目的などない」一瞬の間をおいて、ローレンスは言った。「ただ、玄関前の階段で、きみがフランス兵の注意を引かないようにしたかった。目立つわけにはいかないんだ」

ウールヴィーの片手が、腰にさげたピストルを握っている。なんのつもりだ。なんと愚かな男だ――妻と子をこんな占領軍のどまんなかに置いて、そのうえピストルを使うつもりなのか。ローレンスは、自分には知る権利はないのだと承知しながらも、尋ねずにいられなかった。「いったい、なぜここに残った?」

「痲疹よ」階段からイーディスが言った。すでに踊り場から階段を半分おりていた。表情は落ちついているが、片手がしっかりと階段の手すりを握っていた。「赤ちゃんが痲疹にかかったの。お医者様が赤ちゃんを動かさないほうがいいとおっしゃったわ」少し間をおき、小さな声で付け加えた。「フランス軍はわたしたちには危害を加えなかったわ。ひとりの将校が調査に来たけれど、とても礼儀正しかった」

「むろん、わたしたちはナポレオン支持者じゃない。それでも忠告したいのなら、それは余計な――おっと」ウールヴィーが言った。「噂を聞いたような気がするな、きみは――」そこで言葉がとぎれた。うまく説明できないらしい。もちろん、ローレンスのほうから説明してやろうという気にはさらさらなれなかった。

「先に謝っておこう。きみがどんな噂を聞いたかは知らないが」と、ローレンスは言った。「きみたちをわずらわせることを心苦しく思うが、われわれには火急(かきゅう)の使命があり、それは玄関ホールで話せるような話ではない」

「それじゃ、居間に行こう。話を聞こうじゃないか」サトンリーズが言った。呂律(ろれつ)が回らないほどではないが、かなり酔っている。「隠密使命だな、すごいぞ。一度そういうやつで仏兵(カエル)どもを叩きのめしてやりたかったんだ。やつら、この街をわがもの顔で歩きまわっていやがる」

　ウールヴィーもしらふではないせいなのか、あるいは対抗心ゆえなのか、サトンリーズの意見に同調してみせた。だが、疑念を差しはさむのも忘れなかった。「それにしても、もう少しましな答えはないものかな、ローレンス。きみをこのまま行かせるわけにはいかない。大声を出されたくなかったら、こちらの言うことも聞くべきだ。こんな非常時に、人の家に押し入っておいて、秘密の使命だからと、そそくさ立ち去ろうとする。怪しまれて当然だ。中国人を引き連れているとあっては、なおのこと」

「失礼。お互いの紹介がまだだったように思いますが」サルカイが、持ち前の冷ややかな貴族的アクセントを最大限に使って言い、ウールヴィーとサトンリーズの注意を引きつけた。

「おお、どうやったら、そんなにうまく中国人に化けられるんだ？」サトンリーズが、人工的な細工を見破ろうとするかのように、サルカイの顔をつらつらとのぞいた。

ローレンスは苛立ちを抑えきれず、ウールヴィーの腕をつかみ、切迫した低い声で言った。「愚かしいまねはやめてくれ。わたしたちがきみの家で捕まるようなことがあれば、きみたちにもスパイの嫌疑がかかる。わかっているんだろうな。きみの妻まで疑われるかもしれない。わたしたちがここに来たことを忘れてくれ。使用人にも金を払って、この件を忘れさせてくれ。わたしたちがここにいるかぎり、きみたちは危険だ。きみたちを危険にさらすようなことをしたくないんだ」

ウールヴィーは体をひねってローレンスから逃れると、振り返って冷ややかに言った。「なんとでも言うがいい。わたしは愚かかもしれないが、国家への反逆者の言葉を鵜呑みにするほどばかじゃない――そう、きみのしたことは知ってるぞ。そのきみが、ロンドンの街をうろついている。しかも、ナポレオンがこの街に堂々と入城した翌日に。それでも、きみが国王陛下のために動いていると信じられるだろうか」

「わたしが嘘をついていると、フランスの内通者だと言いたいのか？」ローレンスは苛立って言った。「けっこう。じゃまをするなら、ここにいる全員が拘束されることになる。それがいやなら、わたしを出ていかせることだ」

「わたしは臆病者じゃない」と、ウールヴィーが言った。「もしきみが、あのコルシカ人のために薄汚い仕事を引き受けているのなら、わたしはきみの腹に穴をあけてでも、それを阻止するぞ。いっそ、それで監獄に行ったほうがいい」

「みなさん」イーディスが激しい応酬に割って入った。「居間に行ってください。このままでは、家じゅうの者が目を覚ましてしまう」結局のところ、そうするよりほかに選択肢はなかった。


サトンリーズが酔いつぶれ、安楽椅子でいびきを掻いていた。イーディスの行動はすばやかった。男たちが居間へ入ってほどなく、着替えをすませて二階からあらわれ、デカンターを用意した。ウールヴィーは反射的に受け取ったグラスをじっと見つめたのち、それをおろして言った。「コーヒーをもらえないだろうか」なにかを決意したように腕を組み、コーヒーが運ばれてくるのを待った。

ローレンスは時計を見た。午後十一時まであとわずか。ナポレオンとその取り巻きの宴は、いまがたけなわだろう。だからこそ、自分たちの目的をかなえる好機であり、一刻も無駄にはできなかった。

サルカイがローレンスの視線をとらえ、顎でウールヴィーを示して、低い声で言った。「馬車を持っていますね」それはもろ手をあげては賛成しかねる提案だった。それ以上の方法はないとわかっていたが、理屈に合わない感情が、自分の命を、自分の仲間の命をウールヴィーに託すことに抗っていた。そもそも、ウールヴィーの使用人たちが立ち聞きしていないという保証もないのだ。

部屋にいる者たちは、いびきを掻きつづけるサトンリーズを除いて、全員が黙りこんで立っていた。メイドがコーヒーを運んできて、長い時間をかけてテーブルに並べ、みなの顔をちらちらと見あげた。さぞや珍妙な集まりだと思っていることだろう。ウールヴィーは夜会用の盛装。イーディスは、高い位置に切り換えのある木綿の普段着で、コルセットを着用していない。おそらくはクローゼットから自分で取り出し、ひとりで着替えたにちがいない。そして、サルカイとローレンスは泥で汚れたむさ苦しい、家畜と場末の酒場の臭いまで染みついた作業着をはおっている。

「ありがとう、マーサ」しびれを切らしたようにイーディスが言った。「わたしが注ぎます」メイドが出ていくと、イーディスはテーブルに身をかがめ、カップを配り、ウールヴィーかローレンスか、どちらに先にコーヒーを注ぐかで迷い、結局、サルカイをいちばん先にした。

サルカイは、コーヒーを渡してよかったものかと迷うようすを見せるイーディスに、口角をわずかにあげて微笑を返すと、「ありがとうございます」と礼を言い、即座にコーヒーに口をつけた。そしてカップをおろし、ドア口まで歩いていって、ふたたびドアをあけた。ドアにくっついていたメイドと召使いがさっといなくなった。サルカイはローレンスを振り返り、意味ありげに時計を見やったあと、廊下に出て、ドアを閉めた。サルカイがドアの外で見張りに立つことで、もう誰も立ち聞きできなくなった。

ローレンスは自分のカップをおろした。コーヒーは特別に濃く淹れてあった。両開きの窓が闇を四角く切り取っている。窓を縁取る淡いブルーのベルベットの厚いカーテンには、優雅な金色の飾り紐がついていた。すぐにもウールヴィーをその紐で縛りあげ、床に転がし、ここから出ていきたかった。だが、もちろん彼は大声をあげるだろうし、イーディスをそんな状況に追いやるわけにはいかない。

「さあて」と、ウールヴィーが言った。「これ以上引き延ばすつもりはないぞ、ローレンス。まだわたしを待たせるつもりなら、使用人たちに命じて、きみを地下室に放りこみ、明日の朝まで閉じこめておくしかない」

ローレンスは唇を固く結び、言い返すのを我慢した。自分の主張が理屈に合わないことはわかっていた。こちらが嫌えば、あちらも嫌う。信用されないのは当たり前のことだ。「朝になっては手遅れだ」ついに短い言葉で切り出した。「きょうの昼、英国航空隊士官が敵に捕まった。ドラゴンのキャプテンで――」

「それがどうしたと言うのだ。きのうは一万人の英国軍兵士が捕まった」ウールヴィーが憤りをこめて言った。それは本物の感情だった。少なくともその点において、ローレンスは彼に共感できた。

「キャプテンが捕まれば、その竜も敵の捕虜になってしまう。そのキャプテンは、彼が担うドラゴンをおとなしくさせるための、いわば人質になる。そして今回、敵の捕虜となった雌ドラゴンは火噴きだった。英国航空隊唯一の火噴き――」

「まあ」イーディスが突然声をあげた。「そのドラゴンなら、今朝、見ましたわ。ハイド・パークにおり立つところを」

ローレンスはうなずいた。「つまり、そのキャプテンがいまもケンジントン宮殿に監禁されているという望みはあるわけだ」そう言ったあと、ウールヴィーに向かって尋ねた。「われわれが急いでいる理由をわかってもらえただろうか？　ナポレオンがそこに――」

「わたしをぼんくら扱いするな」ウールヴィーが話をさえぎって言った。「しかし、これだけは訊いておこう。なんだって、あの奇天烈なご仁を引き連れている？」

「このような急を要する作戦において、ひとりの優秀な人間は、十人の劣等な人間に勝るからだ。わたしたちふたりで充分。さあ、もうこれぐらいでいいだろう」ローレンスは鋭く言った。「きみが繰り出す質問や反論に答えて時間を無駄にしたくない。状況も把握しないで、あれこれ口を出すのはやめてくれ。ナポレオンと老親衛隊が街に出ているうちが、われわれにとっての好機なんだ」

ウールヴィーが態度を決めかねていた。

「ウィル……」と、イーディスがローレンスの名前を呼んだ。ローレンスとウールヴィーが同時に彼女のほうを見た。「あなたは、言っていることがすべて真実だと、聖書に手を置いて誓えるかしら？」

このなりゆきをウールヴィーが快く思っていないのは明らかだったが、イーディスは夫に近づき、腕をとって言った。「ねえ、あなた……わたしはウィルを子ども時代から知っています。だから、反逆者の汚名を着せられても、彼にはそうせざるをえなかった理由があると信じています。そして、聖書に手を置いて嘘が言える人ではないということも」

ウールヴィーがむっつりと返した。「いや。きみがなんと言おうが、これは腑に落ちない変な話だ」彼は妻から離れ、みずからカップにコーヒーを注いだ。神経が張り詰めているらしく、コーヒーがカップから跳び出し、磨きあげられた床にこぼれた。ウールヴィーはクリームも入れずカップを口に運んだが、数口飲むと、がちゃんと音をたててソーサーに戻した。「それでつまり、その男を救出しに行くのか?」唐突に尋ねた。ローレンスはそこに、懐疑以上に厄介なものを感じとった。つまり、興味と熱意を。

「そうだ、できるならそうしたい」ローレンスは言い、思いきって尋ねた。「そのために、よければ、きみの馬車を貸してもらえないだろうか」

「いや」ウールヴィーは少し思案したあとで言った。「いや、わたしがきみたちを連れていこう。もちろん、わたしの馬車で。ホランド邸の使用人たちは、わたしを知っているし、ホランド卿の地所は宮殿の庭園と隣合わせだ。ホランド邸からケンジントン宮殿は一マイルもないだろう。宮殿に侵入したいのなら、それが手っとり早い。そこにきみがいるのがもう見えるようだ。もちろん、もしこの考えが愚かしく、ほかに計画があると言うのなら、御者と二名の使用人とともに、きみの計画を阻止するまでだが」

イーディスがひるむのがわかった。ローレンスは言った。「ウールヴィー、ばかなことを言うな。冷静になってくれ。きみはこのような任務の訓練を受けてはいない」

「きみたちを二マイルの馬車の旅に連れ出すだけじゃないか。そう、わたしの知り合いの紳士の家に。そして、その家の庭を散策する。それだけじゃないのか？」ウールヴィーが嫌みを込めて付け足した。「なんとかやってみせようじゃないか」

「それから先は？」ローレンスは言った。「宮殿に侵入し、グランビーを救出したあと、追っ手の叫びが聞こえたらどうする？」

「ケンジントン・パークのことはきみより詳しい」ウールヴィーが言った。「だから、脱出するにしても、わたしのほうがチャンスを逃さない。で、つぎの反論は？ローレンス、きみと同じように、わたしも辛抱している。自分だけが急いでいるとは思わないことだな」

ウールヴィーは着替えのために二階にあがった。その前に、ふたりの使用人を呼びよせ、ローレンスとサルカイを見張るように命じた。同時に御者にも指示が出されて、馬車が玄関前に横付けされた。

「彼を説得してもらえないだろうか？」ローレンスは、部屋の隅にいるイーディスに話しかけた。イーディスは腕を交差させ、両肘をしっかりと握っていた。

「わたしになにを言えというの？」振り返ったイーディスが言った。「臆病者になれと夫に助言するなんて無理だわ。それとも、夫はお役に立てないのかしら」ローレンスにはそうだとは言えなかった。イーディスは首を振り、目を逸らし、唇を引き結んだ。ローレンスはこれ以上彼女になにか言うのをあきらめた。「こういう恐ろしさとは縁が切れたと思っていたのに」イーディスが苦しげな声でそっと付け加えた。だが、彼女の決断が個人的な感情に左右されることはなかった。それはローレンスも同じだった。

ローレンスがイーディスから離れるとすぐに、ウールヴィーが階段をおりてきた。

彼は妻に別れの挨拶をした。ふたりとも低い声で短く言葉を交わし、手を握り、ウールヴィーが妻のほうに頭を傾けた。

サルカイがその光景を冷ややかに、しかし興味深げに見つめていた。「ごたごたに巻きこんですまない」と、ローレンスは言った。

「いや、これ以上の展開は望めません」サルカイが言った。「紋章付きの馬車なら、公衆の面前で止められる心配はまずありませんからね。もちろん、彼にとっては、気づいたら窮地に陥っていたということがあるかもしれない。しかし、それは彼が案ずるべきこと――そう、彼と彼のために泣く人々が案ずるべき問題です」そう言って、ローレンスをじっと見た。「ただし、あなたは、彼のために泣く人のことを案じているようですが」

ローレンスはそこまで見抜かれているとは思っていなかった。ウールヴィーとともに馬車に乗りこむと、いっそう気持ちが沈んだ。目指すホランド邸まで三十分程度の道のりだったが、誰ひとり口をきこうとしなかった。求婚を退けられた男と、その女性と結婚した男。ふたりのあいだに会話など成立するわけがない。考えるほどに心が乱れ、ますますしゃべれなくなった。この状況にはそぐわない感情が、抑えつけようとしても、勝手に湧きあがってくる。

ウールヴィーについては深く考えてみることもなく、無為に日々を過ごす放蕩者として片づけてきたが、公平に見るなら、彼は成長するきっかけを与えられてこなかっただけかもしれない。金を使う以外になすべきこともなく、不品行で、無類の博打好きで、わがままな臆病者——そんな型にウールヴィー自身が安易に自分を押しこめてしまっていたのかもしれない。

しかし、そんな彼も、男なら心ときめかずにはいられない妻を得て、尊敬される存在になろうと決意したのではないだろうか。今夜のウールヴィーは、けっして臆病者ではない。酒が入ると、あるいは国辱についての憤りがつのると、いささか鈍感で強情になるきらいはあるが、それは人として最悪の欠点ではない。

イーディスはあいかわらず魅力的だった。幸せそうには見えないが、自宅の玄関そばに敵国の軍隊がいて、玄関ホールで口論がはじまっているときに、幸せでいられる者などいないだろう。それでも、彼女が自分の選んだ運命に満足しているのが感じられた。そう、彼女は悔いてはいないのだ。

ローレンスは心からイーディスの幸福を願った。それは妬みとは無縁の感情だった。

ただ、その幸福を彼女に与えるのがウールヴィーだと思うと、複雑な気持ちになった。自分ではなかったことに胸が痛んだ。イーディスはプロポーズを待っていた。にもかかわらず、自分は期待だけさせて、彼女の婚期を遅らせてしまった。

最後に彼女と会ったときのことを思い出して、満足できることはなにひとつない。一方的で手前勝手な苛立ちをかかえ、苦しまぎれにプロポーズめいたことを口にしたが、受け入れられるはずもなかった。あれは航空隊への移籍が決まったあとだった。ローレンスは馬車の窓の外を見つめているウールヴィーに目をやった。イーディスになにを後悔する必要があっただろう？　まったくない。むしろ、なおも待たせようとする男から逃れられたことを喜んでいたのではないだろうか。

馬車が停まった。ホランド邸に明かりはなく、馬たちが神経質な足踏みをし、鼻息が白く染まっていた。屋敷の召使いが眠たげな目をこすりながら近づき、馬たちの頭に手を伸ばした。「ご家族がいらっしゃらないことは承知している」と、ウールヴィーが言った。すでに自分の側のドアから馬車をおりている。「馬たちの世話をたのむ。執事のガヴィンズを呼んでくれないか。話がしたいので」

ガヴィンズがあらわれると、ウールヴィーは虚実をまじえて状況を説明した。こうして街に残っていること、そして、このような訪問に至った経緯。赤ん坊が病気でよく泣き、妻が苛立っていること。「こんなとき必要なのは、散歩をして新鮮な空気を吸うことだと思ったんだよ。星空を眺めながらね。メイフェアは明るすぎる。ホランド卿はお気になさらないはずだが……」

深夜、敵国の軍隊が街にいるとき、無骨な作業着の男をふたり従えて、確かに奇妙な申し出ではあった。しかし、ガヴィンズは一礼を返した。酔った紳士たちの奇行には慣れていたし、困惑していたとしてもそれを面に出さないように躾けられていた。

「庭園を出られることがあったとしても、どうか敷地の東端には行かれませんように。そのあたりに、ドラゴンが何頭か寝ているようなのです」ガヴィンズが言った。

「そうか」ウールヴィーが返し、一行は庭園に通された。少し歩いたところで、ウールヴィーは声を潜めて言った。「ドラゴンをどうしたものかな」

「通り過ぎるだけです」サルカイが答え、手渡されたランタンの火を吹き消した。

「きみはそこまで行かなくてもいい」ローレンスは言った。「すでに充分な働きをしてくれた。ウールヴィー、きみは――」

「怖がっているわけじゃない」ウールヴィーがむっとしたようすで返し、ずんずんと前に進んでいった。

サルカイが首を振り、ローレンスと目が合うと、小声で言った。「苦労が多いものですね。世間に名を知られた軍人の二番手につき、勇気を愛でる女性の愛情を勝ち取ろうとすることは」

ローレンスはそんなふうに考えたことはなかった。ウールヴィーは、イーディスの前で自分の勇気を誇示したかったのか。この自分に競争心を燃やしていたのだろうか。

「わたしの世間での評判など、少しでも良識ある人間ならほしがるようなものではないだろう」

「だからと言って、あなたが臆病者だということにはなりません」サルカイが言った。「バートラム・ウールヴィーがなにをしてみせたと言うのです？」

ホランド邸の庭園を出ると林があり、オークや葉を落とした木々のなかで、ヒマラヤ杉が芳香を放っていた。静寂に包まれ、木々は霜で覆われている。林を過ぎると、広い草地が開けた。地面は凍りつき、ブーツのかかとが草に触れるとギシギシと音をたてた。ほんとうに星を見ることが目的ならば、まさに絶好の環境だった。空気は澄んで冷えびえとし、風はおだやかで、月も出ていなかった。
ドラゴンたちは安らかにいびきを掻いていた。それは水車が粉を挽く音に似ており、離れたところでもよく聞こえた。だが、その音に大型戦闘竜の胸郭で響くような深みはない。人もそう多くはなく、火も焚かれていない。どうやら小さなドラゴン、伝令竜の小集団のようだ。一頭につき一名のキャプテンが、それぞれの竜の横腹にもたれて眠っているのだろう。

小型ドラゴンたちを避けて通ることはむずかしくないはずだった。ローレンスはドラゴンの集団には慣れている。ドラゴンであふれ返った北京の街にも怖じ気づくことはなかった。大型ドラゴンたちが巨大なとぐろを巻いて眠っているドラゴン舎にも。しかしながら、ほとんど明かりのない場所で、途切れることのないドラゴンのいびきはさらに大きく聞こえた。木立から木立へ、身を潜める場所をさがしながら、ドラゴンの眠る草地を移動していくあいだ、背筋を駆けのぼる震えを完全に抑えることはできなかった。

頭ではドラゴンが知能の高い生きものであり、不審者を見つけたら殺すより捕らえるほうを選ぶだろうとわかっていたが、本能は納得しなかった。本能が感じとっているのは、すぐそばにいる十数頭のドラゴンが、動物世界の習いとして食べるほうを選ぶのではないか、ということだった。小型ドラゴンであることがよけいに恐ろしかった。大型ドラゴンにとって人間はあまりに小さく、食べ物として意識されることは少ないかもしれない。しかし、小型ドラゴンの場合はそうでない可能性も充分にある。

理性の声で恐怖をなだめ、それに同意するという対話を頭のなかで繰り返したが、肉体はまったく別の反応を示した。あらゆる物体の輪郭（りんかく）がドラゴンになり、葉ずれの音さえ攻撃の前奏曲（プレリュード）になった。それでも顔の前で手探りし、枝にぶつかるのを避けながら、前に進むしかなかった。

ウールヴィーの乱れた大きな息づかいが前方から聞こえてくる。呼吸は浅く、ときどきつまずく気配がする。サルカイがいちばん先で先導役を務めていたが、ウールヴィーを気遣（きづか）って立ち止まることはなく、ひたすら進みつづけた。ローレンスも歩調と呼吸を合わせて、しぶとくあとを追った。予想以上に闇は深く、ほとんどなにも見えない状態だった。一瞬、なにかが動く気配を感じた。ほんのかすかな空間の揺らめきとしか感じとれなかったが、ローレンスは、はっと横を向き、立ち止まって目を凝（こ）らし、それがなにかを見きわめようとした。ぞっとした。闇のなかに、蛇のように長い、天まで達するようなさらに濃い闇があり、それにさえぎられたところだけ星が見えなかった。

歩を早めてウールヴィーを立ち止まらせ、押し殺した声でサルカイを呼び戻した。三人でうずくまって待った。ドラゴンがため息まじりのあくびをつき、フランス語で何事かをつぶやいた。と同時に翼を開く乾いた音、勢いよく地面を蹴る音がした。こうしてドラゴンは空に飛び立った。羽ばたきが上空から聞こえるあいだ、三人は微動だにしなかった。空の鷹から見つかるのを恐れて身を寄せ合う野ウサギのように、しばらくそこにとどまり、安全を確認したところで、ふたたび歩きはじめた。

葉ずれの音がふたたび聞こえ、新たな木立にたどり着いたことがわかった。ずいぶん長く歩いた気がする。ようやく身を隠す場所に来てほっとしたのも束の間、足もとが砂利敷きの道に変わった。ホランド邸の敷地のはずれまで来たのだ。道を渡ると、宮殿の庭園の生け垣が大きな壁のように立ちふさがっていた。道のはるか彼方に、蛍火のようなかすかな明かりが見える。しかし、すぐ近くに人影はなかった。歩哨は、哨所の近くを漫然と歩いているだけのようだ。

サルカイが、ウールヴィーとともにここで待つようにと手振りで合図し、しばらくすると戻ってきて、生け垣のとある場所まで無言で案内した。低い岩が地面から突き出し、その上に楡の木の太い枝が伸びている。サルカイがすでにその枝にロープをかけていた。

ローレンスはうなずき、厚い革製の作業着を脱いで、生け垣のてっぺんを覆うように投げかけた。できるかぎり俊敏に行動した。片手でロープをつかみ、両腕と両足で生け垣を這いのぼった。棘のあるイチイから芳香が漂った。枝をかき分けるようにして生け垣をのぼりきると、革の作業着で守られたてっぺんで腹這いになり、枝を揺らしながら向こう側に転がり落ちた。

少し遅れて、ウールヴィーがつづいた。息を荒らげ、あられもない恰好になっている。もっと優雅な目的にこそふさわしい、上等なバックスキンの半ズボンがびりびりに裂け、血で染まっていた。サルカイが最後に、無言ですばやく、生け垣を越えた。目の前に芝生の庭園と堂々たる宮殿があった。宮殿のすべての窓に明かりが灯り、明かりの前を人影が行ったり来たりしている。行く手に新たな数頭のドラゴンがいた。ただし、眠ってはいなかった。夜更けにもしっかりと目覚めて待機している伝令竜たちだ。

「あそこに厩舎（きゅうしゃ）がある」ウールヴィーがささやき、遠くの建物を指差した。伝令竜たちの待機場所は、馬たちをおびやかさないように、厩舎からできるかぎり遠くに設けられていたわけだ。「あの厩舎の横に門がある。その横手にドアがあり、細い溝を越えると、使用人の出入口だ。宮殿の厨房につながっている」

ローレンスたちが厩舎に近づくと、馬たちが不安そうにいななき、足踏みし、潤（うる）んだ怯（おび）えた目で三人を見つめた。しかしそれは馬がドラゴンの存在を意識したときのしぐさと変わりなく、何事かといぶかる者も、わざわざ確かめに出てくる者もいなかった。サルカイが厩舎の扉の前で立ち止まり、丸めた手と耳を板に押しつけ、なかの話し声が英語であることを確認した。ローレンスは板の割れ目からなかをのぞいた。ふたりの男がおもしろくなさそうに馬糞を掻きとって山にしているのが見える。

「しっ、騒ぐな」ローレンスはなかに入って扉を閉め、小声で言った。男たちがはっと体を起こした。「そのままでいい。声をあげるな。きみたちがこの国を愛する者なら」

「アイ・サー。なんなりとご命令を」一方の男がささやき、前髪に指で触れて敬礼した。目が外斜視で、剝（む）き出しの両腕に元水兵とおぼしき刺青（いれずみ）がある。彼は、抗おうとする若い瘦せた男に顔をしかめ、おとなしくさせた。青年は無言で顔をそむけ、落ちつかないようすで、横目でローレンスたちを観察した。

「この宮殿に捕虜が収容されているだろう?」ローレンスは尋ねた。「きょう連れてこられたはずだ。歳は三十手前、黒っぽい髪で——」

「アイ・サー」元水夫が答えた。「そのとおりです。まるで王様みたいに護衛を引き連れてきた。そのうえ、最高にいい部屋に通された。もちろん、ボニーの野郎が使ってる部屋のつぎにですがね。うるさいんですよ、その男のドラゴンが。庭からわめくことわめくこと。焼き尽くされるんじゃないかとはらはらしましたよ。いや、その雌ドラゴンがほんとうに、焼き尽くしてやるって言ったんでさあ。一時間ほど前に、ようやく静かになってくれました」

ローレンスは危険を承知で建物の角まで走り、そこにイスキエルカの姿を確認した。イスキエルカは宮殿の前で、いじけたようにとぐろを巻いていた。石像で飾られた優雅な正式の庭園に、瓦礫の小山がいくつか築かれている。イスキエルカはもうわめいていないが、むすっとしたようすで牛の骨やそこにこびりついた肉片を齧りながら、背中から蒸気を噴きあげている。

そこには、もう一頭のドラゴンがいた。リエンだった。イスキエルカのそばに尻ずわりになり、話しかけていた。「おまえもそろそろ悟ったほうがよい。あの男は、皇帝陛下に忠誠を誓い、二度とフランスに武器を向けないと誓わないかぎり、おまえのもとには戻ってこないのだ。こんな惨めな場所で無聊をかこっていてなんになる？ハイド・パークに行けば、もっとましなものが食べられるだろうに」

「グランビーがいっしょじゃなきゃ、どこにも行かない」イスキエルカが言った。「それに、グランビーはそんな誓いはしないもの。彼が戻ってきたら、すぐにあんたを殺してやる。あんたの皇帝陛下も、まとめて殺してやる。本気だからね。さあ、あんたはこのまずい牛のお守りでもしてりゃいいわ」そう言うと、夕食の牛の残骸をリエンに向かって放り投げた。

白いセレスチャルは、不快感に一瞬、冠翼をぺたりと倒したが、すぐに戻して、牛の死骸にじかに触れないよう注意しながらかぎ爪で土をかけた。「おまえが道理に合わないことを言い張るのを見ていると、わたくしは悲しくなる。敵になる謂われはないのだ。そもそも、おまえは英国のドラゴンではない。オスマン帝国のドラゴンではないか。そして、オスマン皇帝は、英国ではなく、わたくしたちの盟友――」

「スルタンなんかどうだっていい。あたしはグランビーのドラゴンだもの。そして、グランビーは英国人」イスキエルカが言った。「あたしは、あんたたちの船団から三万ポンドを奪ってやった。あんたたちの敵に決まってるじゃない」

「わたくしたちについて戦うなら、さらに一万ポンドを与えよう」

「はっ！」イスキエルカが、さも軽蔑したように言った。「じゃあ、さらに三万ポンドを奪ってやる、あたしの報奨金としてね。ついでに言わせてもらうけど、あんたって、くねくねしちゃってさ、骨なしのへなちょこ」

そばには用心のために護衛隊がとどまり、伝令竜も二頭いた。イスキエルカがなにかしでかすのではないかと、みながはらはらと見守っている。イスキエルカのいる場所から宮殿までは、まっすぐな通路が開けていた。ローレンスは厩舎に戻ると、小声でサルカイに言った。「グランビーを確保したら、すぐに外に出よう。二階の窓からでもいい。イスキエルカが宮殿の正面にいる——」

「見つかったとき、こんな惨めな恰好では大騒ぎになるな」ウールヴィーが言った。

「あのう——」と、元水兵が横から口をはさんだ。「この厩舎の二階で、フランスの騎兵隊の士官が六人寝ています。軍服のままで」

神経質そうな厩番の青年が見張りにつき、その青年をウールヴィーが見張った。

「あたしの名はダービー。みんなからはヤーヌスと呼ばれます」と、元水兵が言った。「医者のつけを払うため、ソフィー号に乗ることになりました。物知りの艦長が、あたしはヤーヌスっていうローマの神様みたいに右も左もいっぺんに見えるからって、この通り名をつけてくれたんでさあ。まだ乗りつづけるつもりだったが、この街にいる女の母親が死んじまって、彼女まで病気になっちまって、三人の子持ちだから、あたしは四つの口を食べさせなきゃならなくなった」そうは言ったが、その説明はどこか空々しく、もしかしたら女はひとりではなく複数で、女たち恋しさに海を捨てたのかもしれなかった。

「わかった、ヤーヌス」ローレンスは一挺のピストルを彼に手渡した。ドア口にぶらさげたランタンを吹き消し、サルカイのうなずきを合図に、ローレンス、ヤーヌス、サルカイの三人が裸足でつぎつぎに梯子をのぼり、二階にあがった。

騎兵隊の男たちは、規則正しい寝息をたて、干し草俵に倒れこむように眠っていた。剣とピストルがかたわらに置かれている。ローレンスはひとりひとり起こしながら、口を革帯でふさいでいった。ヤーヌスが足を押さえつけ、サルカイがピストルを顔に押しつけてうつぶせに返し、後ろ手に縛りあげ、縛った者から干し草の山に積みあげていった。

四人目の男が目を覚まし、三人が手を出すより早く、両足で床を鳴らして急襲を仲間に知らせた。ふたりがむっくり上体を起こし、剣とピストルを手探りするも、それらはすでにサルカイによってひとまとめにされていた。ところが、残る三人が海賊のように腰にも短剣を差していたため、凄惨な格闘になった。

短時間で音をたてずに三人の敵を片づけなくてはならなかった。ローレンスは引き抜いた自分のナイフを、足もとに突っこんできたフランス人の喉もとに容赦なく突き立てた。男の体がぐにゃりと沈み、うつろな目が天井を見あげた。その首から血が噴き出し、干し草に染みこんでいく。ローレンスは一本の剣を取って、ヤーヌスが羽交い締めにしたもうひとりの息の根を止めた。残るひとりをサルカイが始末した。

下では馬たちがふたたび足踏みをし、血の臭いを嗅ぎつけていなきはじめていた。

「だいじょうぶか?」ウールヴィーが顔を突き出し、二階をのぞきこむ。その瞬間、動きが止まり、口が小さくあいた。

「ああ」と、ローレンスは短く答えた。まだ心臓が早鐘を打っている。「下にいろ。

入口の若者を見張っていてくれ」

その口調のせいか、あるいは目にした光景のせいか、ウールヴィーは抗わず、黙って階下に消えた。縛られた男たちはもがき、脚をばたばたさせたが、三人で押さえつけて軍服の上着と胴鎧を奪った。男のひとりが、死んだ仲間を見つめ、猿ぐつわの下から低いうめきを洩らした。友だったのか、あるいは兄弟か……。ローレンスはそれを考えないように心を閉ざした。

いや、心を閉ざそうと努めた。ウールヴィーの驚愕の表情が頭から離れなかった。能力の極限までの酷使と、軍務に求められる残忍性は、このイングランドとは、英国本土とは異なる世界の話だと思っていた。故国の内か外か、それがひとりの男が紳士にもなり非情な戦士にもなる境目だとこれまで信じてきた。

しかしいま自分は、ケンジントン宮殿の廐舎に、敵地潜入という使命を帯び、両手を血に染めて立っている。あらゆる軍事行動と同じものがここでは求められている。同じ種類の、あるいはもっと凄惨かつ過酷な軍事行動が、パリやイスタンブールや中国で行われたなら、ウールヴィーは新聞でそれを知り、喝采を送るのだろう。だが、それはいまここで起こっている。黒く腐った潰瘍が、平穏な庭園の、むっと鼻をつく馬の臭いに満ちた厩舎の二階に根を張り、広がろうとしている。

血の汚れの比較的少ない四人分の軍服をなんとか調達すると、ローレンスは服を剝がれて再度縛られた男たちの上から、寒さをしのげるように厩舎にあった毛布をかけてやった。死んだ男の体温を残した軍服を着るのは、なんともいやな気分だった。梯子をおりて、残る一枚をウールヴィーに渡した。

「わたしたちはきみも縛らなくてはならない」ローレンスは厩番の青年に言った。

「もちろん、いっしょに来て、ドラゴンに乗るつもりが――」青年は激しく首を振って、縛られて厩舎の二階に転がされるほうを選んだ。

「おそらくは三十分」と、サルカイが言った。グランビーの発見までに見こめる時間を言っているのだ。できるなら、十五分以内に見つけてしまいたいと、ローレンスは思っていた。

「早くなかに入ろう」ローレンスは言った。「走ってはいけない。だが、迷うな。彼がどこにいるかわかるか。ヤーヌス?」

「ええと、宮殿では――」と、サルカイ以上に似合わない軍服を着たヤーヌスが、不恰好に肩をすくめた。「メイドが男たちを二階のいい部屋に連れこむことがあるんでさあ。あたしも一度や二度なら誘われたことがないわけじゃない。でも、その人のいる部屋となると、あたしにはちょっと」

「見張りがいちばん多くいるドアを目指そう」ローレンスは言った。

ローレンスが先頭に立ち、その横にウールヴィーがついた。さっとすれちがうだけなら、先頭のふたりの顔を見るだけで、その後ろについた者まで見ようとしないだろう。それでもサルカイは念のため、くしゃみを受けとめているようにハンカチーフを顔にあてがった。四人は宮殿の裏階段をのぼった。ヤーヌスの小声の案内で階段をあがったところから廊下に入った。

いくつかの扉のうち、八、九人の兵士が近くにいる扉があった。宮殿の裏に面した部屋だった。部屋のなかに、さらに多くの兵士がいる気配がした。ローレンスは立ち止まらず、着実な足取りでそのドアを目指した。見張りの兵士たちは持ち場に貼りついているわけではなく、明らかに警戒心を欠き、自由にしゃべったり体を休めたりしていた。

兵士のなかには、床にすわってカードゲームをする者や、腰をかがめてゲームを眺める者もおり、立っているのはわずか数名だった。ひとりのメイドが洗い物を持って廊下を歩いてきた。彼らのほうにゆっくり近づいてきたとき、一瞬のふざけた小競り合いがあり、勝者となったやる気まんまんの軍曹がメイドの腰に腕をまわした。

「やめて」メイドが冷ややかに言い、たくみに尻をひねって男の腕から逃れた。ほかの男たちが仲間の失敗を大笑いではやしたてる。メイドは、憤然として頬を赤らめ、目を伏せて、ようやく男たちのかたわらを通り過ぎた。ローレンスは彼女とすれちがいざまに、洗い物から一枚のシーツをつかみ、ぱっと広げて、それを男たちにかぶせた。


　驚きと困惑の叫びが一斉にあがった。シーツにくるまれた男たちに四人がかりで襲いかかった。立っている男は押し倒した。部屋の扉が開き、新たな兵士が首を突き出した。サルカイがその男を撃ち、扉をさらに大きく蹴りあけた。グランビーが外の騒ぎに気づき、好機を逃さず部屋の外に飛び出してきた。頬に青痣があり、片腕を三角巾で吊っている。「おお、ありがたい。ピストルをください」そう言うと、三角巾をかなぐり捨てた。

「窓！」と、ローレンスは叫んだ。つぎの瞬間、背後で銃声がした。振り返ると同時に、ウールヴィーが腕に倒れこんできた。その顔は驚きにゆがみ、すでにシャツの下から噴き出る血が、軍服のツバメ襟の下まで広がっていた。一発、さらに一発、銃声が響きわたった。銃弾がシーツを通して、やみくもに飛んできた。銃弾が通過した穴から小さな火の手があがり、メイドが金切り声をあげて廊下を逃げていった。

「イスキエルカ！」グランビーが叫び、廊下を隔てた反対側の部屋に突進し、窓から身を乗り出した。

ローレンスはウールヴィーを見おろした。一見するだけで、瞳からすでに生命の輝きが失われているのがわかった。床に横たわっているのはもはや遺骸となったウールヴィーだ。

「ローレンス！」サルカイが警告の声をあげ、シーツからもがきながら這い出てきた最初のフランス軍兵士を撃った。

「このっ、くそう！」思わず口を突いて出た言葉は、ウールヴィーに対してなのか、彼を撃ったフランス兵に対してなのか、それとも自分自身に対してなのか、ローレンスにもわからなかった。身をかがめ、ウールヴィーの手から結婚指輪を抜き取った。サルカイを追い、向かいの寝室に飛びこんだ。扉を閉ざし、たんすを倒して入口を封鎖する。この程度ではすぐに打ち破られるだろう。しかし、もう時間稼ぎをする必要はなかった。イスキエルカのかぎ爪がすでにその窓をさがしあて、ガラスを、石を、煉瓦を引っ掻き、打ち砕き、粉々にしていた。

11 スコットランドへ

待って、待って、待ちつづけるのは、なんて気が滅入るものなんだろう。テメレアは同じ場所を行ったり来たりし、舞いあがっては彼方を見つめ、また地上に戻って、行ったり来たりした。

「なにも来ないかい？」ペルシティアがいささか不安そうに尋ねた。彼女の心配はテメレアとはまったく異なるほうに向かっている。「フランスのドラゴンは来ない？もしかしたら、あんたはそんなに何度も舞いあがらないほうがいいんじゃないかな。敵に見つかるかもしれないよ」と言ったあと、早口で言い添える。「敵と戦闘になって、ここから動くしかなくなったら、ローレンスが戻ってきても、あたしたちを見つけにくいだろうからね」

テメレアは気を落ちつかせようとした。ペルシティアの指摘が正しいことは認めたが、彼女が勧めてくれた牛の脚や腰などの旨い部分は首を振って辞退した。食欲がほとんど失せていた。

「あいつらには正々堂々としたところがまったくない」アルカディが言った。「あんなふうに一度に襲いかかってくるとは……。腰抜けどもめ。ここはみなで、イスキエルカを助けに行かねばなるまい」アルカディはすっかり気力を取り戻し、レスターが彼のために捕まえてきた羊をたいらげ、気炎をあげた。

「そんなことするつもりはないよ」テメレアは言った。「敵はこっちの四倍なんだ。大砲も、兵士の数も。やられるだけさ。グランビーを取り戻すこともできなくなる。そんなことになったら、グランビーは銃殺される」たぶん、ローレンスもだ、と胸の内で思った。たまらなく不安なところへ、アルカディから無謀な提案を聞かされて、ますます気が滅入った。すぐにもロンドンに飛んでいきたいと誰よりも強く思っているのは、この自分だというのに……。

「では、どうする?」アルカディが訊き返す。「もし彼らが戻らなかったら」

「もし戻らなかったら」と言ったあと、テメレアはしばし押し黙り、苦しまぎれに答えた。「そのときになったら、考える」

　そんな展開は想像したくもなかった。前にも、ローレンスが死んだかもしれないと考えたことがあった。あのときは、考えるだけで、もうローレンスが死んだも同然に、胸が苦しくなった。想像と現実の境界がわからなくなった。あのときから、もしかしたら、不必要な予測はそれを現実化する危険を少し含んでいるのではないかと考えるようになった。ローレンスなら、愚かしい考えだと言うかもしれないが、テメレアには、悪い予測をすることが災いの種になるように思えてしかたなかった。

「あのならずものは、なんと言っておるのだ?」ゲンティウスが渋い顔でアルカディのほうをちらりと見ながら尋ねた。大いに不満そうだ。老いたゲンティウスにとっては、アルマティウスの背中でじっと耐えなければならない飛行さえも、負担になっている。野営も快適な環境とは言いがたかった。「あいつには、大いに反省してもらいたいものだな」

「ぜんぜん」と、テメレアは答えた。「ぜんぜん反省してないどころか、阿呆らしい提案までしてきた」

「では、無視することだな」ゲンティウスはそう言うと、「ところで」と声を落として、つづけた。「テメレア、きみを心配させたくはないのだが、きみはどうしようと考えているのだ? つまり、もし彼らが戻ってこなかったとしたら、どうする?」

テメレアはぺたりと冠翼を寝かせた。こらえきれなくなって、ふたたび空に舞いあがった。日暮れが訪れ、高い上空に達したときには、すでに東の空が暗かった。西の地平線近くに、ぼんやりした青白い月がかかっている。地上の何か所かに土ぼこりが見えた。牛の群れがいるのだろう。

しかし、ローレンスが戻ってくる兆しはどこにもない。イスキエルカもだ。そして別の方角に目をやったとき、ハーネスを付けた一頭のウィンチェスター種が、こちらに向かってくるのに気づいた。

エルシーが、あえぎながら地上に舞いおりた。「ああもう、あなたたちを見つけられないんじゃないかと思ったわ。いったい、ここでなにをしてるの？　スコットランドはこっちじゃないわよ。これじゃあ、ロンドンに戻ってしまう」

「迷子になったわけじゃないよ！」テメレアはかなりきつい口調で返した。

エルシーのことはあまり好きではなかった。エルシーの担い手、ホリンは、もとはテメレアのチームの一員で、地上クルーの優秀なリーダーだった。いまのフェローズも精いっぱいやってくれるが、ハーネスが竜の表皮にどう当たるかといった細かなところまで気が回らないし、夜間にハーネスをはずす手際もよくない。最近のテメレアはハーネスをほとんど付けないが、着脱作業が迅速かどうかは、すべての物事に通じると思っている。それに、フェローズはちょっと頭が鈍い。孤独な夜に誰かと少し会話したいとき、ホリンがいれば最高だった。要するに、テメレアはホリンがチームから離れたことを、まだ根にもっていた。

「針路を間違えたわけじゃないよ」と、言い直した。「ぼくらは、ローレンスとサルカイが、グランビーを救出するのを待ってるんだ。イスキエルカが敵の捕虜になった」

「ああ、それはたいへんだ！」ホリンがエルシーの背からおりながら言った。彼は小さなかばんを背負っていた。「それはいつのこと？」

「何時間も前」テメレアはしょげかえった。「でもローレンスは、ロンドンまでは歩くと一日がかりだと言ってた。それに、グランビーを見つけたとしても、救出するのは暗くなって、人が寝静まってからだと思うんだ。だから、ぜんぜん遅れてるわけじゃないよ。そのうち、きっと戻ってくる」何度も空に舞いあがり、ロンドンの方角を見ていたことまでは話さなかった。

ホリンはなにかを思案するように、口もとを手でこすりながら言った。「実は急送文書を預かってきたんだが――」

「大きいもの？」テメレアは尋ねた。ホリンがかばんから、折りたたまれた文書を取り出した。赤い蠟で封印してあり、それほど小さなものではない。テメレアにも見えないことはないが、読むのは無理だろう。「声をあげて読んでくれないかな」

「どうしたものだろう」ホリンが申し訳なさそうに言った。「これは、キャプテン・ローレンス宛てなんだよ、ほら」

「それが重要な文書だとしたら、ローレンスはぼくに内容を知ってほしいと思うはずだよ」テメレアは言った。「そして、もしそれが命令書なら、宛名を間違えたんじゃないかな。このぼくが、連隊を率いる大佐だってことをよく理解してない誰かさんがね」

ホリンがためらいがちに野営にいる面々を見まわした。空尉より上の者がひとりもいない。なにかおかしいと思っているようだ。

「じろじろ見るのはやめて」ペルシティアが苛立って言った。「それは、あたしたちへの命令でしょ。命令がなんだかわからなきゃ、あたしたちは実行することもできやしない。その命令をあたしたちに教えたほうがいい。それが道理ってもんだ。それとも、このまま戻って、あのウェルズリー将軍ってやつにどうすればいいか訊いてみる？　あたしが思うに、行って戻ってきた分だけ時間を無駄にしたって、やつはあんたを責めると思うね」

ホリンがあきらめたように肩をすくめた。これを議論しはじめたら一日はかかる。封印を破り、命令書を読みはじめた。「以下のことを貴殿に命令する。一刻も無駄にせず、コヴェントリーに向かい、撤兵を警護せよ。むろん――」ホリンはここでいったん切り、咳払いをしてから残りを読んだ。「むろん、いま貴殿の頭を占めている突拍子もない無謀な計画がなんであろうが、すぐに捨てたまえ。貴殿は先日の私との会話を忘れてしまったかもしれないが、私は忘れていない。あのくそ竜どもに賃金を支払ってほしいのなら、やつらに仕事をさせることだ」

「どうして、誰もかれも、ぼくらが後先考えず暴走するって思いこんでるんだろう。さっぱりわからない」テメレアは憤慨して言った。「もちろん、そんな仕事ぐらいやるさ。イスキエルカがわざわざ敵の捕虜になりにいかなきゃね。でももうそれは起きてしまったことだし、ローレンスは救出に行かなきゃならないし、ぼくらはここを動くわけにはいかない。だって、ローレンスが戻ってこないんだから」

「一部だけ英国軍と合流するってのはどうだろう？」ここから逃れたいペルシティアが、期待をこめて提案した。

「だめ。これからはぜったい全員いっしょに行動する」テメレアは言った。「これからは、アルカディとイスキエルカと野生ドラゴンたちは、つねに先頭を飛ばせることにする。つねにみんなから見えるところにいてもらう。規律正しく行動するかどうか信用ならないからね」念のため、これをアルカディにも訳してやった。

「へっ！」アルカディは、尊大に鼻を鳴らした。「おまえもわしらと同じことをやっていただろう、いまみたいに人間ごっこにうつつを抜かしていなければな。なんであも、のたのたと、わしらまで人間と同じように地を這うようなまねをしなければならんのだ。文句を言われる筋合いなどないぞ。やつらを危険にさらしたわけでもない。わしらは、ナポレオン軍が追ってこないかどうかを確かめにいったまで。だから、ロンドンの方角を目指した。そして、追撃の気配はまったくなかったと言っておこう」

「ぼくならあんなことはしない」テメレアは厳しくやり返した。「なぜって、ぼくにはまともな頭があるからさ。理由もなく、なにをやってるかも自覚せず、うろつきまわって、自分さえよけりゃそれでいいなんて――」

「きわめてまっとうな理由があった」アルカディが言った。「ここにいる全員に食糧を持ち帰るつもりだった。フランス軍が盗んだものを取り返し――」

「嘘ばっかり!」テメレアはあきれ返った。「リンジから聞いたよ。きみたちは報奨金目当てだった。自分たちの報奨金を誰かに分け与えようなんて、これっぽっちも考えていなかった」

アルカディにも真実を突かれて一瞬ひるむぐらいのたしなみはあったが、あくまでも一瞬だった。「いや、それはイスキエルカが考えたこと」ピシリと尾で地面を打って、今度は責任転嫁をした。テメレアは軽蔑をこめて、思いきり鼻を鳴らした。

「ともかく」と、ホリンのほうを向いて言う。「ナポレオン軍が追ってこないことは確かだ。きょうは街道でまったく見ていない。もし追っ手を見つけたら、なにがあっても戻っていたよ。だから、あいつが心配する必要はぜんぜん……」だんだん声が小さくなった。確かに、ウェルズリーが心配する必要はない。しかし、その根拠がテメレアにとっては不安の種になる。つまり、ナポレオン軍は確実にどこかにいるわけで、それがロンドンに至る街道でないとしたら、もっとも考えられる可能性は、ロンドンに、ローレンスとグランビーがいるロンドンに集結しているということなのだ。

いまは、どんなに不安にだろうが、なすすべがないのはわかっていた。いますぐ出発しても、日暮れ前にロンドンに到着することはできない。ペルシティアの不安げにささやく助言を聞くまでもなく、夜目(よめ)のきくフルール・ド・ニュイ〔夜の花〕がいるフランス軍の野営に、夜間に飛びこんでいくのは無謀すぎる。「でも、朝になったら——」テメレアはそう言ったものの、最後まで言わずに、頭をおろした。そこには大砲がある。何千人という兵士もいる。ドラゴンは何頭いるかわかったものではない。やはり、無駄なあがきなのか……。

「朝までには戻ってくるかもしれないよ」ペルシティアは言ったが、その沈んだ声に懐疑心(かいぎしん)が読みとれた。

「とにかく」と、テメレアはホリンに言った。「英国軍の野営に戻って、ウェルズリーに伝えてもらいたい。ローレンスが戻ってきたら、すぐそちらに向かうって。ナポレオン軍のことなら心配ないよ。もちろん、フランス兵が大挙(たいきょ)してドラゴンに乗って、ウェルズリーの隊を攻撃しに飛んでいくっていうなら話は別だけど」そうだったらいいのに、という気持ちが心のどこかにある。いや、もしかしたら、すでにそうなっているかもしれない。

「もし、やつらが追撃するつもりなら、あたしたちはとうにやつらの姿を見てるはずさ」ペルシティアがぼそりと指摘した。

ホリンが去って、さらに数時間がゆっくりと過ぎた。テメレアは眠りについたが、途切れがちで苦しい眠りになった。小さな物音やささやきひとつにも目覚め、むなしく闇に目を凝らした。

夜明け前、これ以上ないほど憂鬱な、不快な目覚めが訪れた。顎の下と首から胸骨に沿った筋に鋭い痛みがあり、こぶになった傷がうずいていた。首を伸ばし、鼻先をそこに押し当てようとしたが、うまく首が動かない。首に違和感があり、無理に伸ばそうとすると変な音がする。前足で触れようとしてみたが、うまく内側に曲がらなかった。ついにあきらめてため息をつき、冷たい地面に体を横たえた。ロッホ・ラガン基地や中国のドラゴン舎の温かな石の床が恋しかった。

遠い空に、夜明けのかすかなオレンジ色の輝きが見えた——遠い、西の空に。テメレアは、はっと頭をもたげた。いや、そんなのはありえない。「うわ！　うわぁ！」と叫びをあげた。「みんな、起きろ！」と叫びながら、空に飛び立った。

イスキエルカが炎を噴いていた。何度も後方を振り返り、七、八頭はいる追っ手のドラゴンに、火焔を浴びせている。追っ手が斬りこみ隊を送りこもうと接近し、すでに何人かの敵兵が跳び移り、イスキエルカの背で戦闘がはじまっていた。「ローレンス！」テメレアは叫び、目を凝らして、ぼんやりした人影のなかにローレンスを見つけようとした。

イスキエルカが矢のように頭上を通り過ぎた。テメレアはすかさず、イスキエルカと追っ手とのあいだに割りこんだ。敵ドラゴンたちは一斉にくるりと背面飛行に切り換え、散りぢりになって衝突を避けた。

テメレアは顎を大きく開き、すさまじい雷鳴のような咆吼を放った。追撃の主力となって先頭にいたペシュール・レイエ〔縞のある漁師〕が直撃を受けた。フランスのドラゴンたちが宙でぐらりと揺れ、つぎの瞬間、ペシュール・レイエの鼻から血が噴き、目が血走って奇妙にふくれあがり、宙でつまずくように体が回転した。そのまま揚力を失った凧のように落ちはじめ、地面に激突し、両の翼が折れた。

マジェスタティスが、テメレアのそばまで地上から飛んできた。バリスタもつづいた。残されたフランスのドラゴンはすべて中型だったので、しっぽを巻いて逃げ去った。テメレアは、あっけなく戦闘が終わって使いきれなかった力を持てあましつつ、あえぎながらしばらく空中停止（ホバリング）した。レクイエスカトがあらわれ、不平を言った。

「あのでかい音はなんだ？　こんな暗いうちから戦ってるのか？」

「もう戦わなくていいよ」テメレアは言った。「みんな逃げてった」

大きな弧（こ）を描いて戻ってきたイスキエルカが言った。「はっ！　へたれども！　あたしひとりで相手になってやろうとしたのに、戦おうともしないで」そのあとは首をめぐらし、背中にいる斬りこみ隊のフランス兵たちをにらみつけた。それから心配そうに尋ねた。「グランビー、だいじょうぶ？　こいつらの息の根を止めてもいい？」

「だめだ。彼らは降服して捕虜になった」グランビーが疲れきったようすで答えた。

「捕虜の頭数で報奨金が決まるんだ」

「お金をもらうより、殺しちゃいたい」イスキエルカが言った。「あなたを苦しめたやつらだから」

「きみがグランビーを苦しめたんだ」テメレアは怒りを込めて言った。「ぼくが、彼を、きみにあげた。それを忘れないでくれ」地上におりるのを待ちきれずに、イスキエルカの背中からかぎ爪でローレンスをすくって、自分の背に乗せた。「どこも怪我してない？」心配でたまらなかった。

「ああ」ローレンスが短く答えた。それはどこか具合のよくないところがあるときの言い方だと、テメレアにはわかった。だが、ローレンスはそれを人前で言いたがらない。テメレアはこっそり匂いを嗅いだ。出血してはいないようだが、あまりにもようすが暗い。どこか怪我をしているのに感じとれないのだろうか。

「いますぐここを発たなければ」と、ローレンスが言った。「あいつらが仲間を呼びよせて、また追ってくるだろう。われわれは、あまりに長く任務を怠ってしまった。このままでは行方不明にされてしまう」

「すでに行方不明にされていたよ。それで、ウェルズリーが無礼千万な手紙を送ってよこした」テメレアは言った。

　こうして、すぐにそこから引きあげることになり、空に舞いあがると、テメレアは首を後ろにめぐらしてローレンスに言った。「良識ってものを欠いた手紙だったな。でもフランス陸軍がロンドンに集結してるらしいことはわかった。それにしても、どうやってグランビーを救出したの？」

「助けがあったから」ローレンスがそう言って、手のなかにある、なにかとても小さなものを見つめた。それは朝日を受けてかすかに金色に輝いている。

「戦利品？」テメレアは興味を持って、首をさらに曲げてよく見ようとした。

「いや、ちがう」ローレンスが答えた。


英国陸軍と合流するまでの飛行は長かったが、ともかく平穏無事ではあった。イスキエルカが、前のような騒ぎを起こさなかったからだ。たいして反省していなかったとしても、イスキエルカはグランビーに気を遣い、彼を喜ばせることならなんでもやろうとした。テメレアは飛行の配列を再編成し、イスキエルカをみなの目が届くところに配置した。

指輪は、燃える石炭のようにローレンスの上着の小さな胸ポケットにあり、何度も手をポケットの上に置いて、その存在を確かめた。それは実際の重さ以上に重かった。敵から奪ったシャツについたウールヴィーの血は、すでに乾いて固まっている。ローレンスはイーディスのことを考えまいとした。彼女がどうやって夫の死を知るのか、彼女の運命はどうなるのか、夫を亡くし、小さな子をかかえて、敵に占領されたロンドンでどうやって暮らしていくのか……。

「勇敢なお方でしたね」ヤーヌスが言った。元水兵は、イスキエルカより積み荷の少ないテメレアに乗ることになった。「運がなかったんですな」

ローレンスはうなずき返しただけだった。過去を振り返ってはいられない。果たすべき任務が待っている。

午後にウェルズリー軍に追いつき、コヴェントリー〔イングランド北部の街〕郊外の野営まで、長い道のりを彼らとともに進んだ。骨身に滲(し)みるような寒風が吹き、スコットランドの気候を思わせた。歩調を乱し、足を引きずり、大儀(たいぎ)そうに街道を進む兵士たちを、容赦なく冬の冷気が襲った。地面は石のように凍り、地吹雪(じふぶき)が舞った。それでも、荷車だけは転がしやすくなった。ぬかるんだ道は凍りついて不揃いな畝(うね)となり、車輪をガタガタと鳴らした。

「なんで、こんなとこで待っていなくちゃならないんだ」レクイエスカトが、何度目かの大きな円の軌道に滑空飛行で入りながら言った。「下にいい空き地がある。あそこからだって、敵が攻撃してこないか見張ることはできるぞ。どうせ敵は追ってこない。最後の百マイルは、あそこにいて、ときどき確かめに行くだけでもよかったんだ」

「歩兵隊が移動を終えるまで、ぼくらは地上におりない」テメレアがきっぱりと言った。が、首を後ろにめぐらして小さな声で尋ねる。「ねえ、ローレンス、どうしてだめなの?」

「行軍するのは、上を飛んでいるより楽じゃない」ローレンスは疲労感を覚えつつ言った。「そのうえ、眠る環境も最悪だ。せめて連帯を示すために、兵士らが見張り用の哨所を設けて火を焚くまでは護衛していよう。彼らが奮闘しているときに、わたしたちが楽をしていては、妬みや不平を買うだけだからね」

「でもね、ぼくは空中停止できるからいいけど、仲間にとって同じ場所を飛びつづけるのはけっこうたいへんなんだ。下におりて手伝ったほうがいいんじゃないかな。木を引っこ抜いて、薪にできるし――」

ローレンスは、それでは兵士たちがパニックを起こす、と言いかけてやめた。疲弊して動きの鈍い兵士たちを見おろしていると、彼らはたとえ恐怖を感じても、逃げる力さえ残っていないのではないかと思えてきた。「小さなドラゴンならいいかもしれないな」

テメレアはさっそく野生ドラゴンたちに相談を持ちかけ、ガーニが小さなドラゴンたちを率いて下におりることになった。ガーニたちは森から枯れた木を引き抜き、針葉と泥とリスたちを払い落とした。こうして丸太にした木を、三々五々、野営まで運んだ。

黙々と地面を掘っている兵士たちは、自分たちの背後でドラゴンたちが働いていることにまったく気づいておらず、一本目の丸太がおろされたとき、シャベルやつるはしを手にしたままはっと視線をあげた。最初の丸太をおろしたのはレスターで、興味深そうに兵士を見つめ、頭を突き出して地面を観察し、なにかを尋ねた。しかしそれは野生ドラゴンが使うドゥルザグ語だった。

「レスターは、どうして地面を掘るのか知りたがってるんだ」テメレアが説明した。が、つぎの瞬間、「だめ、だめだよ！」と叫び、地上に向かった。この急降下に驚いた兵士たちが右往左往するなかで、テメレアはレスターが兵士のひとりをつまみあげようとするのをやめさせた。それでドゥルザグ語を話せるようになるとでも思ったのか、レスターは兵士を揺さぶって答えさせるつもりだったらしい。

「これは排泄用の穴だよ。ばかなまねはやめてくれ」テメレアがレスターに言った。そのあと首を返して、ローレンスに言った。「ぼくら、これも手伝ったほうがいいみたいだね。リエンがダンツィヒでやってたことなら、ぼくにもできると思う」

リエンは、ダンツィヒでフランス兵が塹壕を掘ろうとしていたとき、〝神の風〟を使って凍土を砕き、穴を掘りやすくした。しかし、テメレアは何度も試し、同じ効果を得るまでに結局、五十本は下らない木を無駄に倒してしまった。「むずかしいな」あえぎながら言い、しばらく息を整えてから、またつづけた。「見てたときは簡単に思えたのに。全開じゃなくて、ちょっと吼えればいいだけかと思ってたんだけど……そうじゃない。どうしてなんだろう？　でも」と、すぐに付け加えた。「ぼくが完璧にやれないってわけじゃないさ。リエンにできることなら、ぼくにできないわけがない」

「困ってるみたいね。あたしが手伝ってあげる」イスキエルカがテメレアの隣に舞いおりて、止める隙を与えず、頭を低くして氷の張った地面に火焔を吐いた。

炎の直撃を受けた中心からシューッと激しく蒸気が立ちのぼったが、炎のおおかたは厚く硬い氷の表面を舐めて波打たせただけだった。幸いにも、穴掘りの兵士たちは安全な場所まで逃げて、監督の下士官と不安そうになりゆきを見守っており、火傷するのはまぬがれた。しかし、先刻テメレアが倒した木が積み重なったところに火が燃え移ってしまった。

「見ろよ、なんてことするんだ」テメレアが言った。「早く!」と仲間を召集した。「土を運んできて、火事を消してくれ」

「お待ちよ」ペルシティアが舞いおりてきた。「溝を掘ろうしてる場所にその丸太を置いたら、どう? 地面の氷が溶けるし、溶けるのを待ってるあいだ暖かく過ごせるよ」

「ほらね、これがいちばんいい方法だった」イスキエルカがぬけぬけと言った。「あたしは、そのつもりだったの」

テメレアが冠翼をくいっと倒して言った。「それなら、丸太を置くのを手伝ってもらおうか。なぜって、とっても賢いきみが、丸太を並べるより先に火をつけてくれたんだからね」

ローレンスは作業がはじまる前にテメレアからおりて、監督の軍曹とその部下のところに計画を説明しに行った。「あのドラゴンどもは、こっちには来ませんよね?」軍曹はそれだけを知りたがった。神経をぴりぴりさせ、ブロンドの口ひげに汚れた手で何度もさわるので、顔に黒い縞ができている。

「来たとしても、あなたに危害は加えませんよ」ローレンスは精いっぱいの忍耐をもって言った。「彼らは、行軍のあとも午後いっぱい働きづめだったあなたがたを、助けようとしているんです。丸太の火が消えるころには、地面はずっと掘りやすくなっているでしょう。あとで、その丸太を砕いて、それで暖をとれば、今夜はこれまでよりずっと快適に眠れるはずです」

ウェルズリー将軍が黒い馬に乗ってあらわれた。炎とドラゴンに怯える馬を操るのに苦労している。「いったい、なにをやっている?」答えを待たず作業に目をやり、フンと鼻を鳴らした。「なかなか賢いな。おい、なにを突っ立っているんだ?」と、最後は監督役の軍曹に言った。「あの茂みを払って土をならせ。あそこに負傷兵を集めてくれ、火にいちばん近いところにだ。幸い、彼らはとんまのようにドラゴンから逃げることはない——半分はもう足がないのだからな」

そのあとは、ローレンスのほうに向きなおってつづける。「きみと、きみの竜は、仕事が終わったら、平地の広場に来てくれ。一時間後だ。遅れるな。きみたちに言っておくことがある。途中でじゃまされるのはごめんだ」馬に乗った将軍は、副官たちを引き連れて去っていった。

ローレンスは、最後の数本の丸太を配置しているテメレアのところに戻った。丸太はまだくすぶっているので、かぎ爪を火傷から守るために折った枝を使っている。ディメーンがテメレアの背から消えていた。彼は地上におりるといつも五分とたたないうちにいなくなる。

「ローランド、ディメーンをつかまえてきてくれ」ローレンスはエミリー・ローランドに指示を出し、ズボンのももに指を打ちつけながら待った。十分後、エミリー・ローランドが、半ば引きずるように、ディメーンを連れて森から出てきた。ディメーンはドラゴンたちの破壊の跡から大量のウサギとリスを集めており、じゃまされたことがいかにも残念そうだ。

「野営のテントを張ってくれたまえ」ローレンスはディメーンに命じた。「それから、ドラゴンの食事の調達について検討してくれ。ヤーヌス、きみはミスタ・フェローズかミスタ・ドーセットを手伝うように」

「アイ・サー」ヤーヌスが答えた。

テメレアがすました顔でイスキエルカに言った。「きみは、この仕事を最後まで片づけてくれたまえ。なぜって、これはぜんぶ、きみの考えたことなんだからね」そのあとは、ローレンスを背に乗せて広場まで運んだ。平地がバリスタの棘のあるしっぽで灌木の茂みが叩きつぶされて、なかなか快適な場所になっていた。

ペルシティアが倒木をテントの柱のように組み立て、砕いた木々を焚きつけに使い、みごとな焚き火をつくった。ただし、いま、ペルシティアは高く燃えあがる炎を見つめながら、いささかぴりぴりとして考え事にふけっている。焚き火の炎は、彼女の頭の高さよりもさらに高かった。

「けっこうな狼煙だな」ウェルズリーがやってきて、皮肉を言った。「暗闇でも見つけられるようにナポレオンに便宜をはかってやるとは、ご親切なことだ」

「この丘一帯には十個以上の焚き火があるんだ。焚き火に大きいも小さいも関係ないと思いますけどね」ペルシティアが控えめに抗弁した。「それに」と、突然なにかひらめいたらしく、付け加える。「この焚き火はすごく明るいから、フルール・ド・ニュイは近づいてこないんじゃない？　やつらがいちばん目をやられそうだから」

ウェルズリーはこの正論に鼻を鳴らして返すと、ローレンスのほうを向いた。「さて、きみからも、このような小賢しい弁明を聞かされることになるのだろうか——」

「申しあげます」グランビーがさえぎって言った。「責任はぼくにあります。イスキエルカについていながら、彼女を逃亡させてしまい——」

「きみたちの責任は重い。ふたりで分け合ってもまだ余りある」ウェルズリーが鋭く返した。

「グランビーの責任じゃないわ!」ウェルズリーの発言を聞きつけて、イスキエルカが言った。「グランビーは、わたしたちとは行きたくなかったの。グランビーを裏切ったのは、申し訳ないと思ってる。でもね、どうして、怖じ気づいたあなたたちあとを、バタバタと飛んでいかなきゃならないの? まる一日、戦う敵がぜんぜんいないんだもの。もしあなたたちを守るのが使命なら、攻撃してきそうな敵を見つけて、先に殺しちゃったほうがいい。そう、あたしは当然のことをしただけ。捕まったのは運が悪かっただけ。でも、最後はちゃんとうまくおさまった。お説教を聞かされるのはまっぴら」

「なるほど、いい説明だった。おかげで、きみのキャプテンが完全に無実かもしれないと思えてきた」ウェルズリーはイスキエルカを見つめたまま言った。「グランビー、いまの説明どおりでいいか?」

「イエス・サー」グランビーが無念そうに答えた。

「また今度、この竜が不服従を起こしたら、きみにはこの竜との関係を断ってもらおう」ウェルズリーが言った。「きみときみのクルーは解任される。そして、彼女に関しては、繁殖場に行こうが、海を渡っていこうが、わたしの知ったことではない。命令に従わないのだとしたら、この竜は役立たずだということだ。役立たずであることよりさらにまずいのは、まともなほかの竜まで悪い道に誘いこんでしまうことだ」

「はっ！」イスキエルカが、背中から蒸気を噴いた。「あたしは、役立たずなんかじゃない！　誰よりも報奨金を稼いでるし、あたしに戦いを挑んできたやつに負けた試しは――」

「けんか騒ぎに関心はない」ウェルズリーが言った。「わたしたちの目的は、戦争に勝つことであって、ちゃちな争いや力比べに勝つことではない。あらゆるドラゴンが、あらゆる人間が、戦場では消耗品だ。セレスチャル種や火噴き種がいなくとも、英国は長いあいだ、なんとかやってきた。きみがいなくなろうが、またもとのようにしのいでいく。けんかを存分にしたいなら、われわれに戦闘の準備ができるまで待ちたまえ。それまでは、おとなしくしていることだ。そうしないと、きみはキャプテンを失い、放逐されることになる。彼には、別の仕事を与えることにしよう」

「グランビー、ぜったいにそんなことさせないから」イスキエルカが強い口調で言った。グランビーは顔面蒼白になり、打ちひしがれて、ウェルズリーを見つめ返していた。が、ついにイスキエルカを振り向き、低い声で言った。「大切なイスキエルカ、ぼくは国王陛下に仕える軍人なんだ」

ローレンスは目を逸らした。自分も同じ試練を受けたとしたら、それを乗り越えられるだろうか、と自問した。テメレアは、イスキエルカのようなわがままは言わない。しかし、テメレアの不服従のほうが、よほど根が深く、よほど深刻だ。しかし、それを言ってなんになるというのか。もしウェルズリーが——いや、どんな上官であろうと——テメレアを放逐せよと命令したとき、ほかの任務に就けという単純明快な命令を発したとき、自分はどうするだろう？　その命令が脅しではなく、理にかなったものだとしたら……。

イスキエルカの喉から嗚咽のような声が洩れた。噴きあげた蒸気が、厚い雲のように足もとにたまった。イスキエルカは広場を這うように横切り、隅っこに行ってとぐろを巻いた。アルカディがそばに飛んでいって、早口のドゥルザグ語でなにか話しかけている。

「あいつがお払い箱になろうが、ぼくはいっこうにかまわないよ」一部始終を聞いていたテメレアが言った。「言っちゃなんだけど、いい気味だ。あなたがぼくのチームに戻ってくれたら、すごくうれしいよ、グランビー」

グランビーは苦しげに「失礼」と言い残し、広場を横切って、イスキエルカのもとへ走った。

「きみにも言っておかねばなるまい」ウェルズリーが、今度はテメレアのほうを向いて言った。

「ぼくは、自分のお楽しみのために逃亡を図るようなことはしませんよ！」テメレアが言った。「不服従だったことなんて一度もない。例外は、ある人物がぼくからローレンスを奪おうとしたときで、それでローレンスが怪我をするかもしれなくて、ええと、それが最初で、英国政府が世界じゅうのドラゴンを皆殺しにしようとしたとき――」

「きみは反抗的になったことが十数回かそこらしかないというわけだな」ウェルズリーが冷ややかに言った。「無駄な議論はしたくないし、弁解も聞きたくない。同じことをわたしの指揮下でまたやったら、わたしはきみと交わした約束を、きみが任務を扱うのと同じくらいぞんざいに扱ってやる。わかったかな？　きみたちふたり」さらにテメレアに向かって言った。「きみの担い手だけに罪をきせられないことは百も承知だ。しかし、わたしは断じて、罪の配分をしない。きみの担い手にすべての責任を負わせる」

「イエス・サー」ローレンスは静かな声で言った。

「でも、ぼくら、きょうはなにも悪いことしてません。こんなふうに言われるのも、ぜんぶ、イスキエルカが逃げたせいだ」テメレアは抗った。「あいつが逃げたのは、ぼくの責任でも、ローレンスの責任でもありません」

「いや、きみの責任だ。もし、きみが彼女の指揮官であるなら」ウェルズリーが言った。「部下に責任をなすりつける発言を、二度とわたしの前でするな」

「ふふん」テメレアはそれ以上なにも言わず、いささか自分を恥じているようにも見えた。

「さて」と、ウェルズリーが言った。「その生意気な口を閉じたら、半日もあちこちに飛んでいたのだから、なんらかの有益な情報は集めてくれたものと期待したい。ダヴーの露営(ろえい)はどこにある？　ここにたどり着くまでに、街道には何人くらいの兵士がいたのだろう？」

「ホリンにも言ったことですが」と、テメレアが言った。「フランス軍はすべてロンドンに戻ってます」

「きのうの朝、われわれの後方には三万の兵士がいた」ウェルズリーが言った。「ナポレオンが兵士らを朝から夜まで鞭で追いたて、物資の補給にドラゴンを使ったとしても、たった一日で、全軍がロンドンに引き返すのは無理だ。少なくとも、彼らが移動したしるしはどこかで見ているにちがいない、哨兵とか、焚き火とか――」

「見ていないのです」と、ローレンスは言った。「そのようなしるしはなにも、先発となるドラゴンすらも。グランビーを救出するために敵を追ったときも同じでした。われわれが見たのは、ダヴーの連隊がロンドン近郊で野営を張っているところです。ミュラ元帥もロンドンにいました」

「だから前も言ったように」と、テメレアが口をはさんだ。「フランス軍は一日に五十マイル進むことができるんです、実際にこの目でそうするのを見て――」

「一個や二個の旅団をドラゴンの背に乗せて運ぶのならわかる」ウェルズリーがじれったそうに言う。「しかし、陸軍をまるまる動かすとなると、話は別だ。大型ドラゴンでも、二百人以上の兵士は乗せられまい」

「そのやり方じゃないのさ」意外にも、ペルシティアが割りこんできた。ドラゴンたちは先刻からやや遠巻きになって、興味深そうに一連の会話と訓戒に耳を傾けていた。が、いまや首をぐいっと突き出し、話に加わる気満々になっている。「百人の兵士を乗せて、一日じゅう飛びつづけるわけじゃないんだよ。つまりこうだよ——ドラゴンが百人の兵士を乗せて、一時間で飛べるところまで飛ぶ。そして、兵士たちをおろす。兵士たちはそこから行軍をはじめる。一方、ドラゴンたちは来た道を戻って、新たな百人を乗せる。そう、ずっと道を歩いてきた兵士たちをね。つまり、全行程を歩かなくてもいいってわけ。ドラゴンが彼らを前に運ぶから——」

「待ってくれ。なんでわざわざ戻る？」と、レクイエスカトが尋ね、ペルシティアは巨大なドラゴンの呑みこみの悪さにいらいらしながら、地面にかぎ爪で略図を描いて説明してみせた。それぞれの隊が順番にドラゴンの背に乗って、前方を歩く隊を跳び越え、いちばん先頭まで行くということ、そしてドラゴンはまた引き返し、最後尾の隊を前方に運ぶということを。

「こうすれば、ドラゴンに乗っているあいだ、兵士たちは休むことができる」ペルシティアは言った。「だから、ふつうなら一日二十マイルのところを三十マイルは歩ける。ドラゴンたちは、二十マイル先の先頭まで人間を運ぶ。だから、全体として五十マイルは移動できることになる」

ペルシティアが誇らしげに説明を終えるとすぐに、レクイエスカトが言った。「ふうむ、どうにも納得できないのは、なんで余計に二十マイルを飛ばなきゃならないかってことだな。おれだって一、二時間はかかる」ペルシティアが憤慨し、フーッと息をついた。

しかしながら、ウェルズリーはペルシティアの説明を高く評価し、地面に描かれた略図を鷹のような鋭い目で見つめ、検討した。「これがローランドのやろうとしていたことだな?」ウェルズリーはローレンスに視線を向け、語気強く尋ねた。「きみのドラゴンとその仲間を使ってこれができるか?」

「兵士たちがドラゴンに搭乗できれば」と、ローレンスは答えた。

「銃で撃ってでも乗せる」ウェルズリーが言った。

しかしその荒っぽい発言とは裏腹に、翌朝、ウェルズリーは、コールドストリーム近衛歩兵連隊の兵士だけを集めて、みずから語りかけた。七頭のイエロー・リーパー、三頭のグレー・コッパーが彼の背後に距離を置いて、顎と歯が見えないように顔をそむけて並んでいた。ドラゴンたちは粗布とロープでこしらえた運搬用ハーネスを装着しており、ウェルズリーの副官全員がつぎつぎにドラゴンの背に——目的はないが——劇的効果を狙ってのぼった。索具や竜ハーネスは、すでにドラゴンたちがあちこちを引っ張って強度を確かめてある。

「諸君！」と、ウェルズリーが呼びかける。「われわれはいま、実に無念な状況におかれている。あの成り上がりのコルシカ人が国王陛下のベッドで眠り、やつのごろつきどもが牛を盗み、収穫を台無しにしている。これはもはや、雄々しき英国人にとって、耐えられる限界を超えている。もちろん、われわれは耐えるつもりもない、もうこれ以上は」

「そのとおり！」何人かが叫んだ。「そうだ！　そのとおりだ！」と、あちこちから賛同の声があがった。

「やつらには、きみたちを、打ち負かすことはできない。きみたち、ひとりひとりが、それをよく知っているはずだ。そして、行軍速度においてやつらにけっして負けないやり方を、われわれは学んだ。すべてあの男、ボニーのやり方だ。ものぐさのフランス人どもは、一日のおよそ半分を、ドラゴンの背に乗って移動していた。それこそ、やつらがわれわれの頭上を跳び越えて進軍できた理由だった」ウェルズリーはそう言って、顎でドラゴンのほうを示した。「われわれにも決断のときがきた。きみたちの大佐から、きみたちの連隊に、いちばん最初に搭乗する栄誉を授けてほしいという申し出があった。

空を飛ぶことには抵抗もあろう。そこで、きみたちには、ほかの部隊の手本となってもらいたいのだ。それぞれの隊の軍曹が命令したら、ドラゴンに乗ってくれ。一隊に一頭。片側に一列に並んで、前から順にひとり用の搭乗装具を埋めていく。準備が整った隊から飛ぶことにしよう。最初に飛ぶ隊には、ボニーの野郎を打ちのめしにいくとき、軍旗を掲げる栄誉を授けよう。そして、今夜の野営ではラム酒の配当を増やしたい。諸君のなかに、フランス人より肝の細いやつがひとりもいないことを願っている」

ウェルズリーは、最後に付け加えた。「しかしもし、怖じ気づいて一時間の飛行にも耐えられないというのなら、いますぐ申し出てくれ。免除しよう」話し終えると、連隊長の大佐にうなずき、後ろを振り向いて、ドラゴンたちに近づいた。

ウェルズリーの副官、ローリーが、ドラゴンたちとこれ見よがしに会話してみせた。

誰もひと言も発しなかった。兵士たちは完璧な列をつくって進み、迅速と言ってさえよい手早さで、ドラゴンに搭乗した。陸軍所属のほかの連隊の兵士たちも居ずまいを正し、この光景を見守っていた。

連隊長の合図で、兵士を乗せたドラゴンすべてが空に舞いあがった。出発に際して、ドラゴンの背に乗った兵士たちは、軍曹の号令一下、地上を行進する連隊に向かって、どんなもんだいと言いたげな歓声をあげた。

最初の数日は兵士たちへの配給が混乱した。一日の終わりに、どこかの隊に行くべきはずの配給がかならず行方不明になっていた。それも一隊ではなかった。通常より十マイルぐらいしか距離を余分に稼げなかった。地上を行く部隊は混乱をきたし、前後の隊が重なり合ったり、逆に距離をあけすぎたりした。ドラゴンたちも、あまり喜んではいなかった。「どいつだか、おれの背を銃剣で突きやがった」カルセドニーが怒りながら文句を言った。「だから振り返って、やめろと言ったら、金切り声をあげやがった。振り落とされなかったのを幸いと思ってほしいね」

それでも日に日に秩序が生まれ、たっぷり一か月を要するはずの行軍を二週間で完遂させた。空輸の利点が、山岳地帯に入って、いっそう発揮された。雪と氷で通行不可能になった最悪の行程も、ドラゴンが人間を運べばよかった。冬本番となり、北に分け入って進むほどに寒さは厳しさを増した。やがて、ある快晴の朝、ケアンゴルム山脈がはっとするほど間近にそびえ立っていた。凍りついた黒いラガン湖も見えた。ロッホ・ラガン基地の城塞が、高みから湖を見おろすように建っていた。

「ふふん、やっと着いたね」テメレアがほっとしたように広場を見おろした。温められた石敷きの広場だけ雪が解けて、黒い石がのぞいている。

しかし、ローレンスは奇妙な違和感を覚えて、目を凝らした。すでに広場に出ている一頭のドラゴンは、パピヨン・ノワール〔黒い蝶〕だった。青と緑の玉虫のような華麗な縞模様のドラゴンが、心地よさそうに石の上で体を丸めており、その両肩には〝和平協議〟を示す旗と三色旗が立っていた。

12 エジンバラ城の老人

最後の兵士と荷をおろすと、テメレアは言いようのない安堵を覚えた。ナポレオンと同等の迅速な移動が求められていることはよくわかっていたが、ほんとうにできるのかと疑うこともあった。そんなときはペルシティアが、たとえ一日数時間の飛行でも三十マイル余分に進めること、それが日に日に積もっていくとどうなるかを、明解な計算で示してくれた。

それでも、短い距離を往復するのは、たまらなく退屈だった。一時間飛んで、兵士たちをおろし、また戻って、新たな兵士たちを乗せる。兵士らが間に合わせの輸送ハーネスにしがみついている状況では、速度を上げることも、自由に飛ぶこともできなかった。

そのうえ、兵士らが残していく汚物に辟易した。航空隊のクルーなら、幼いエミリー・ローランドですら、そういうことには心遣いがあり、わざわざ注意するまでもなかった。せいぜい一、二時間の飛行なのだから、ぎゅうぎゅう詰めだろうが、ある程度の節度は保ってほしいと願うのは、けっしてわがままではないだろう。だがなかには、ほんとうにこらえきれない者たちもいて、テメレアがよりよい気流をとらえようとして少し降下するだけで、あるいは、上昇気流に乗ろうと体をねじるだけで、てきめんに汚された。うろこに染みついた汚れを完全に落とすには、一週間は水浴びをつづける必要がありそうだった。

しかし、湖が凍っているため、近くの丘陵（きゅうりょう）の深い雪のなかで濡れて冷たくなるまで体を転がすしかなかった。ドラゴンたちが兵士を運び、野営をつくる作業が一日がかりでつづいていた。陸軍将校たちはふもとの厩舎（きゅうしゃ）に馬をあずけ、三々五々丘をのぼって、城塞へ食事をとりにきた。

ロッホ・ラガン基地が用意した大量の家畜は、たちまちドラゴンたちの腹におさまった。ハーネスを付けないドラゴンたちは、それぞれの居場所——理想的な広場かその近くか、あるいはそこから離れた平地か——を決めるため、複雑な飛行術で駆け引きをした。いまはおおかた交渉がまとまって、旋回しながら舞いおりてくるところだ。

「ねえ、どう思う？」テメレアは広場の温かい石の上に心地よく身をおいて、ローレンスに低い声で問いかけた。「ケレリタスは、ぼくが嘘をついたことを許してくれるだろうか？」

周囲でもぞもぞと動くドラゴンたちの上に、テメレアは頭を持ちあげた。中型ドラゴンたちが、テメレアやレクイエスカト、バリスタ、アルマティウスの狭間になんとか入りこもうと体をよじっていた。アルマティウスは、背中でゲンティウスがうたた寝をしているおかげで、ほかの大型ドラゴンたちとともに、この心地よい場所を確保することができた。

小型ドラゴンや伝令竜たちは、城壁や胸壁の上で待機し、中型ドラゴンたちの場所取りをめぐる駆け引きが終わるのを待っていた。それが一段落したあとで、今度は小型ドラゴンたちの場所取り合戦がはじまるというわけだ。

マジェスタティスがそんな喧噪を無視して、広場を囲む壁の南外側に身を落ちつけていた。いまテメレアの耳には、マジェスタティスに食ってかかるペルシティアの声が届いている。「あんたは壁の内側に行きゃあいいじゃないか」

「おれにはここがすこぶる快適なんだ」マジェスタティスが落ちつき払って返した。

「広場のほうがもっと快適だよ」ペルシティアが言う。「もうちょっと押しを強くすりゃ、場所が取れるのに。あんたは、こんなとこにいる必要なんかないんだ」

「だがな、おれはここがお気に入りだ。押しなんか強くする必要もない」マジェスタティスが言った。「それに、ここは地面が温かい」

ペルシティアが不機嫌そうに嘆息を洩らした。「でも、なんでだかわかるのかい?」

「温泉の湯が、山腹からこの下に流れこんでいるからだろ」

短い沈黙。「そうか、そうだね」ペルシティアが答えた。「ここはあの斜面の下にあたるからね。温泉がこの下のどこかに流れこんでるにちがいない。でも、どうしてあんたはそれに気づいたのさ」

「そこの地面から蒸気が出てた」

「ははん、なるほど」ペルシティアがつぶやく。

「おれは眠るぞ」マジェスタティスが言った。「おまえがここを分け合いたいなら、それでもかまわない」

「やなこった」ペルシティアが返した。

しかし、マジェスタティスの返事は、低くくぐもったグゥグゥといういびきだった。

もう一度、グゥグゥという音が響いたあと、どうやらペルシティアも体を丸めたらしく、そのうち、いびきの二重奏が聞こえてきた。だが、ほかの口論はおさまらず、広場一帯に平穏が訪れるには、あと少し時間がかかりそうだった。

こんな騒ぎにもかかわらず、ロッホ・ラガン基地のトレーニング・マスター、ケレリタスは、いっこうに姿を見せなかった。ケレリタスは、広場ではなく、山腹にある洞窟をねじろにしている。だが、会いに出てきてもよさそうなものなのに、彼はいつまでも出てこなかった。

テメレアはいささか不安になってきた。薬キノコをここに盗みに来たとき、ケレリタスに嘘をつくのはとてもつらかった。それについて謝罪する機会は、まだ訪れていない。ケレリタスなら、あのとき自分が果たそうとした使命を理解し、認めてくれるだろう。テメレアはそう信じていた。少なくとも、彼は自分と同じ考えの持ち主だろう、と。老トレーニング・マスターがいまも怒っているとしたら、それはテメレアとローレンスが基地のなかに入るために、ケレリタスに嘘をつき、出し抜いたことではないだろうか。

「ケレリタスは、もうここにはいないよ」と、一頭のウィンチェスター種が言った。

テメレアの知らない、輝く眼をした小型の伝令竜で、ハーネスを装着しており、新しいドラゴンたちが飛来した大騒ぎから逃れるように、テメレアとローレンスの背後にある城壁の上にとまっていた。「アイルランドの繁殖場に移っていったはずだ」

「でも、どうしてケレリタスが繁殖場に?」テメレアは納得がいかず、尋ね返した。ウィンチェスターが、さあ、と言うように翼を持ちあげた。「繁殖場はものすごく退屈なのに」と、テメレアはローレンスに言った。「どうして、この訓練場での地位を捨ててしまったんだろう?」

ローレンスがしばらく沈黙したのちに、妙に歯切れの悪い答えを返した。「仕事に疲れたのかもしれないな」

それ以上はなにも言わず、付け足すこともなかった。テメレアは、ローレンスを斜め上からじっと観察した。ローレンスは城壁のそばの低いベンチにすわり、またもあのロンドンから持ち帰った金の指輪を見つめていた。それをどこで手に入れたか語ろうとしないし、テメレアからも訊きにくい雰囲気がある。

ローレンスがひどく落ちこんでいる理由がわからなかった。ようやくまた、いっしょになれた。鉄格子のなかにいるわけでもない。領土を奪還する大きな戦いがはじまろうとしており、いずれ政府はドラゴンに賃金を支払うことになるだろう。落ちこむようなことはなにもないはずだ。唯一あるとすれば、撤退しなければならなかったことだが、これだってすぐに挽回できるではないか。

テメレアはため息をつき、イエロー・リーパー種同士の争いについてローレンスに報告した。「広場にもっと空きを残しておいたほうがいいね。マクシムスたち航空隊の仲間が、もうすぐ到着するだろうからね。リリーはもう着いてるかな」

ローレンスが頭をあげた。「いや、みんな着いてるはずだ。わたしたちより先を行っていたから」

ローレンスが城塞に行って、航空隊士官たちから仲間がどこにいるかを訊いてくれることになった。そのあいだに、カルセドニーとグラディウスとカンタレラが、ほかのイエロー・リーパー種に勝利して居場所を確保し、はじき出された竜たちが、グレー・コッパー種、ウィンチェスター種、野生ドラゴンたちと押し合いへし合いになった。やがてその騒ぎもおさまり、それぞれが温かい石の床になんとか身を落ちつけた。モンシーとミノーを背中に乗せて、テメレアは心地よい眠りが訪れるのを待った。

ふいに、あのフランスのドラゴン、パピヨン・ノワールが頭をもたげて言った。

「なんてここは心地いいんだ！　まるで皇帝がパリにお建てになったドラゴン舎のようだ」

そのドラゴンは奇妙なアクセントの英語を話した。多くのドラゴンが興味を持って首をもたげた。「もちろん、パリのドラゴン舎のほうが、こっちよりもっと大きいけれど」パピヨン・ノワールがつづけた。「それに、屋根もあるから、誰も外で眠らなくていい。すぐそばには、きれいな水路もあって、首を伸ばすだけですぐ水が飲める。ここも同じくらい温かいけれど、ま、雨や雪が降るとちょっと困るね」折りしも、地吹雪がかすかに舞って、石の表面が濡れはじめた。

「たぶん、それは」と、テメレアは冷ややかに言った。「中国のドラゴン舎をまねたものだね。中国のドラゴン舎は、それはすばらしいものだ」

「まさしく！」パピヨン・ノワールが熱をこめて言った。「しかし、マダム・リエンによれば、フランスのドラゴン舎は、中国のものより、よくできているらしい。われわれのドラゴン舎には箱が置いてあって、そこに宝物をしまっておける。そこにいなくても、番兵が箱を守ってくれる」

「ふむ、そいつらに盗られなければいいのだがな」ゲンティウスがオレンジ色の眼を片方だけあけて、疑念を口にした。

「いや、そんなことはぜったいにない」パピヨン・ノワールが言った。「わたしは自分の三本の金鎖とルビーをそこに入れている。外に出かけても、なくなることはない。それどころか、頼んでおけば、番兵たちが磨いておいてくれる」

〝三本の金鎖とルビー〟と聞いて、ドラゴンたちはしっかりと目を覚ました。「わたしが稼いだものだ」パピヨン・ノワールが聴衆を見まわして言った。「道路建設の手伝いとか戦闘とかでね――それで昇進もした」自分の竜ハーネスについた、光沢を放つ金属製の円形の記章を示してみせる。「これは、皇帝に喜んで仕えるものなら、誰でももらえることになっている」意味深長に最後に付け加えた。

テメレアは冠翼をきつく後ろに倒した。「つまり、自分はもう充分に持ってるのに他人の領土をぶんどり、多くの兵士やドラゴンを殺そうとするやつを助ければ、もらえるってことだね」と、とげとげしく言った。「ともあれ、ぼくらも賃金をもらうことになったよ。そして、ぼくは大佐に昇進した」

「それはおめでとう！」パピヨン・ノワールが言う。「それで賃金はいくらなんだい？」テメレアが説明に窮するのを無視して、パピヨン・ノワールはつづけた。「ま、皇帝陛下なら、きみたちに、すぐにも賃金を支払ってくださるだろう。そのうえ、昇級もできる」

警戒するような、低いささやきがあちこちで交わされた。テメレアは首を斜めに傾け、エミリー・ローランドをつついた。エミリーはディメーンとサイフォの勉強をしぶしぶ見ているところで、それは自主的にというよりは、弟のサイフォが教えてほしいとうるさいからだった。サイフォはたいへんな勉強家で、いまや兄のディメーンを追い越し、エミリーの学力に追いつこうとしている。エミリーはサイフォのように勉強に興味を持ったことなど一度もなかった。

「ローレンスに伝えてくれないか。フランスのドラゴンが、みんなを誘惑しようと、約束をちらつかせてるって。でも、それはナポレオン側の味方に引き入れたいための嘘にちがいないから、ここへ来て、やめさせるように言ってほしいって」テメレアはそう言いつつ、気持ちが沈んでいった。自分はフランスのドラゴンになんと返せばいいのかわからない。そのドラゴンがちらつかせている条件は、自分自身が求めたことでもある。ただし求めた相手が、祖国を侵略し、災厄を撒き散らし、リエンに好き放題させているナポレオンではないというだけの話だ。

「すぐに行く！」エミリーがこれ幸いと、勉強を放り出して駆け出した。ディメーンが「ぼくも行く！」とあとを追いかける。

「ええっ？　じゃあ、誰がぼくの勉強を見てくれるの？」残されたサイフォが、悲しげにふたりの背中に呼びかけた。

ローレンスは、城塞の入口にあたる大ホールより先にはまだ進んでいなかった。そこでは大勢の士官や将校たちがあちこちに固まり、低い声で立ち話をしていた。話し声が高い丸天井に反響し、ホール全体に広がるうつろな響きを生んでいる。ローレンスはその入口で一瞬ためらい、足を止めた。見知った顔はごくわずかで、近づいていって話しかけたいと思う者となるとさらに少なかった。が、ホールの片隅に海軍時代の副官でアリージャンス号の艦長、トム・ライリーがいるのに気づいた。

ライリーはひどく疲れきったようすで、そのせいなのか無神経な挨拶をした。「ああ、ローレンス。てっきり監獄にいるのかと思ってました」声の調子から困惑が伝わってきた。「うちには息子が生まれました」

ローレンスは、彼の最初の発言は無視して、「おめでとう」と祝福し、握手を求めた。ライリーがその手を力強く握り返した。なにが無視されたかについては、まったく頓着していないようだ。「キャサリンは元気かい？」と尋ねてみた。

「実はまだ詳しい知らせが届いていなくて。三日前、多くのドラゴンが海岸地方に向けてあわただしく発っていきました。キャサリンもそれに参加すると言って聞かなくて……。彼女ときたら、下の村まで行って、乳母を見つけてきたんです。だから、彼女がどこに行こうと、赤ん坊が飢えることはない。赤ん坊には二時間ごとに乳をやらなきゃならないって、ご存じでしたか？」

ライリーは、海岸地方に向けてドラゴン部隊が発った理由も、具体的にはどこを目指したのかも知らなかった。自分の赤ん坊以外に向ける関心は、すべてアリージャンス号に注がれていた。アリージャンス号は、アフリカへの旅のあと、修復のためにプリマス港の乾ドックにあずけられている。つまりプリマス港と彼とのあいだには、いまやナポレオン軍と英国軍がいるわけで、自艦がいったいどうなるのかと気をもんでいた。「英国軍はナポレオンをプリマス港には近づけないようにしているはずです。そうは信じているんですが、もしあいつが英国南部まで掌握したら――」

「キャプテン」と呼びかけられて、ローレンスはエミリーを見おろした。エミリーが自分の肘のすぐそばで息を弾ませており、その隣にはディメーンがいた。「キャプテンに伝えるようにって、テメレアから言われました。フランスのドラゴンが広場で煽動を行ってます。英国のドラゴンたちに、フランス皇帝に仕えるようにと、いろんな誘惑をちらつかせているんです。ドラゴン舎とか、宝石とか。そのドラゴン、英語が話せて――」

「和平交渉の使節はどこにいる？」ローレンスはライリーに尋ねた。「フランスは誰を送りこんできたんだろう？」

「外相のタレーランですよ」ライリーが答えた。

和平交渉会議は、めったに使われない、城塞の階上にある図書室で行われていた。ウェルズリーは到着早々、その議論の席についた。ウェルズリーなら、煽動行為の危険性をよく理解できる上級士官を派遣してくれるだろうと、ローレンスは考えた。しかし、会議室の入口には、護衛兵と副官たちが立ちふさがっていた。そのなかには騎兵隊将校とおぼしきフランス人も十名ほどいたが、その軍服は飛行用の革製の長い上着につくり直され、ベルトには厚い革の手袋がはさまれていた。ローレンスは、どうやって伝言したものかと迷ったが、ウェルズリーの副官、ローリーの姿を見つけ、彼に呼びかけた。

ローリーの人を見くびった態度はあいかわらずだったが、ひと月かかる行軍がドラゴンによる輸送で二週間に短縮されたことが功を奏したようだ。ローリーは、にこりともせずローレンスの話を聞くと、「いいでしょう。わたしについてきてください」と返事し、脇の扉から会議の行われている部屋へと入った。

フランスの外務大臣、タレーランは、ひとりで来ているわけではなかった。この会議のために用意された長テーブルについたタレーランの横に、ナポレオンの義弟であるミュラ元帥がすわっていた。

タレーランとミュラ――奇妙な取り合わせだった。タレーランのブロンドの薄い毛髪と貴族的な卵形の顔が、ミュラの隣にいると、まるで洗い流されたように白っぽく見えた。ミュラはふさふさした黒い巻き毛で、顔立ちは力強く、野外の任務がつくりあげた赤ら顔に、ブルーの瞳が輝いていた。まさに典型的な軍人の容姿だ。だが近づいて見ると、ミュラのいでたちは滑稽なほどに豪華絢爛だった。金糸刺繍と金ボタンがあしらわれた黒い革の上着。純白のシャツと襟飾り。金をあしらった手袋が卓上にある。それに比べると、タレーランの服装はもっと正統で、上品で、落ちついていた。

タレーランとミュラと向き合って、数人の英国閣僚がすわっていた。全員が閣僚とは思えぬ恰好なのは、ロンドンからのあわただしい撤退と長旅のせいだ。行軍する軍隊とともに野営し、よほど難儀したにちがいない。ことにパーシヴァル首相は、やつれてしょぼくれて見えた。

パーシヴァル内閣は〝三流よりは二流〟の人選と彼の甘言とで寄せ集められたその場しのぎの内閣であり、発足当初から混迷をきわめていた。前任のポートランド内閣がアフリカにおける多大な損失の重みに耐えきれずに崩壊したあと、古株の政治家たちはそのあとを引き継ぐのをしぶった。ポートランド内閣の外務大臣であったカニングは、次期首相の座を狙って失敗すると、新たな大臣としての入閣を拒むばかりか、カスルリー卿が陸軍大臣の座につくのも妨害した。

それによって、パーシヴァルはこのふたつの要職をバサースト卿とリヴァプール卿で間に合わせるしかなくなったのだ。ふたりとも好人物ではあったが、国家存亡のときにはたぐいまれなる政治的手腕が必要とされる。バサースト卿はカトリック解放法案の支持者ながら、辣腕の政治家であるタレーランと交渉のテーブルにつくにはかなり頼りないことを、ローレンスは認めざるをえなかった。

英国側には、前内閣からの海軍大臣、マルグレーヴ卿もいた。彼の隣には肥満した老将軍、ダルリンプルがすわっている。マルグレーヴもダルリンプルも向かいの元帥の好敵手とはとても言えず、掌握した権力の重み、活力、落ちつき——すべてにおいてテーブルの片側に軍配があがった。旧体制の優雅と洗練が、帝国の野卑なまでの屈強さと結びついた敵を、英国はこれから相手にすることになるのだ。唯一負けていない者がいるとしたら、リヴァプール卿の隣でテーブルのいちばん端についたウェルズリーだった。ウェルズリー将軍はぎらぎらした覇気を漂わせ、引き締まった顎に不退転の決意をにじませていた。

ローリーが腰を折って、ウェルズリーの耳もとでささやいた。ウェルズリーはローレンスのほうを見たあと、テーブルに身を乗り出し、フランス語で進行していた会話に割って入った。「お尋ねしたい、これはいったいどういうことか。停戦の旗を掲げてここにやってきたにもかかわらず、あなたがたのドラゴンが、この基地の広場でたったいま、われわれのドラゴンをちゃちなまがいの宝石で取りこもうとしているという報告を受けた。これについて、ご説明願いたい」

ミュラ元帥がこの告発に憤慨の声をあげた。「誤解があるにちがいない。リベルテは社交的なドラゴンだが、差し障(さわ)りのあるような発言はけっして――」

「いや、ウェルズリー将軍は侮辱しようとして言ったわけではないのです、殿下」エルドン卿が泡を食って釈明を試みた。ミュラに〝殿下〟と呼びかけるのは、一族を皇室として扱うのを好むナポレオンの義弟への気遣いなのだろう。「殿下は兵士に気さくに話しかけることにも慣れていらっしゃるにちがいありません」

タレーラン外相は半眼でこのやりとりに耳を傾けていたが、ローレンスのほうをちらっと見ると、椅子に背中をあずけ、指を一本曲げて補佐官を呼び、何事かをささやいた。そのあと、卓上の激しいやりとりがいくぶんおさまったところを見計らい、口をはさんだ。「これ以上混乱が起きないように、ミュラ元帥とわたしが、直接リベルテと話したほうがよさそうですね。話し合いが長引きました。休憩を入れましょう。それが双方にとって好ましいように思います」大儀そうに椅子から立ちあがると、少し前のめりになってパーシヴァル首相に言った。「今夕、ふたたび話し合える機会があるとよいのですが、いかがでしょうか」

ミュラ元帥に一礼して先を促し、タレーランはそのあとにつづいたが、扉口で立ち止まり、ローレンスのほうを振り向いて、よく通る声で言った。「あなたに皇帝陛下の政府より、ふたたび感謝の意を表しますよ、ムッシュー・ローレンス。あなたには、この感謝を受ける権利があることも申し添えておきましょう。皇帝陛下も、けっしてお忘れではありません」

感謝の表明がナイフのようにローレンスの心をえぐった。タレーランは、ここにいる英国政府の閣僚たちを狙って言ったにちがいない——つまり、ローレンスの報告書はいっさい信用がならないと印象づけるために。ローレンスはタレーランに返した。「あなたがたの政府に恩を売るつもりはありません。あなたがたのためにしたことではありませんから」

タレーランは上品にほほ笑み、小さな会釈とともに立ち去った。

「なんという鉄面皮！」ウェルズリー将軍が憤慨を隠さず、ドアが閉まりきるのも待たず、けっして小さくはない声で言った。「そして、あの傲慢な豚！ 宿屋の主人とあばずれの息子、そいつがまたあばずれと結婚し、あろうことか英国王になろうなどと、不埒な考えを起こすとは——」

「フランス側はそんな提案はしなかった」エルドン卿が口を開いた。名うての法律家として貴族階級にのしあがり大法官となった人物で、アイルランドのカトリック教徒解放について一貫して反対の立場をとり、それによってトーリー党内閣の一員になった人物だった。

「あの卑しい成りあがりどもが、〝総督〟などという婉曲な支配のかたちに満足すると思われますか?」ウェルズリーが言った。「半年待ってみなさい。この英国に、ミュラ王が誕生していることだろう。もちろん英国海軍、陸軍を叩きつぶしたのちに」

「もちろん、そんな条件を受け入れるわけにはいかない」とパーシヴァル首相が言ったが、強い確信がこもっているとは言いがたい。「しかし、まだ協議ははじまったばかりで——」

「あの連中は一から十まで侮辱しか寄こしません」ウェルズリーが言った。「和平の求めなど、即刻はねつけるべきです」

「あの提案のなかの少なくともひとつは」と別の閣僚が割って入った。「われわれにも利するところがあるのではないか。そう、国王王妃両陛下にカナダのハリファックスまでお移りいただくというものです。両陛下の安全のためにも、この一点だけは早急に検討すべきではないかと考えるのですが」

「それは敗北宣言も同じだ」ウェルズリーがぴしゃりと言った。「なんにせよ、ナポレオンは、春が来るまでスコットランドには近づけない」

「斥候隊から、ナポレオン軍の兵士がすでにイングランド北部まで到達しているとの報告がつぎつぎにあがっているようだが」

「それは糧食を確保するためだ」ウェルズリーが返した。「それも、きわめて小さな隊で。ロンドンとエジンバラのあいだには、二十数か所の砦と軍を配備した城がある。ナポレオンとて、それらを素通りして進軍することはできまい」

「しかし用心するに越したことはない。ナポレオンがベルリンからワルシャワまで進軍したのは、冬のはじまりだった」

「それは要塞の司令官のおよそ半数が、敵の進軍ラッパを聞くだけで、武器を放り出し、降服したからだ。わたしは部下を信頼している、あれよりはましだと」

「国王はもうお若くない」パーシヴァル首相が、ウェルズリーとその閣僚の応酬に割って入った。「ご健康とは申しあげにくい状態だ」

「国王が戦場にお出ましになる必要はない」ウェルズリーが言った。「それでも、兵士たちに呼びかけることはできるはず」

パーシヴァル首相がしばし沈黙したのち、静かな重々しい声で言った。「いや、それも無理なほど、健康状態はおもわしくない」

しばらくのあいだ、場に沈黙がつづいた。ある者が諭すようにウェルズリーに言った。「もし、皇太子かウィリアム王子が英国に留まっていただけるのであれば、国王陛下は――」

ウェルズリーが両手を振りあげ、憤然とその意見を却下した。「もし、あなたが国王陛下をはるかハリファックスまで追い払うつもりなら、そうするがいい。あの男に王位を贈り物として与えるつもりなら、差し出すがいい。そう、ドラゴンたちが求めるものをすべてを却下して。そうすれば、あとはやつらが勝手にドラゴンたちを誘惑し、煽動しはじめるだろう」

「おい、ウェルズリー将軍、それは言い過ぎだ」

「敵は、ドラゴンがなにを求めているかをよく理解していますよ」と、ウェルズリー。

「見誤ってはならん。あのタレーランが、たった一頭のドラゴンを使って、英国のドラゴンを誘惑しようなどと、大真面目に計画するものだろうか」エルドン卿が言う。

「わたしは、ドラゴンどもの退屈なおしゃべりを聞いたことがある。あれを知的で、理性的なものと深読みするのはよしたほうがいい」

「失礼ながら」と、ローレンスは口を開き、その暴挙に驚く一同の視線を浴びた。「ご存じない方がいらっしゃるかもしれません。ドラゴンは、卵のなかにいるうちから言語を学び、通常はひとつの言語しか習得しません。つまり、フランス側が英語の話せるドラゴンを連れてきたのは、けっして偶然ではなく、われわれのドラゴンと会話させるためでしょう」

「では、ドラゴンにまた餌をやって、やつらの頭に入りこんだ誘惑を追い払ってやろう。竜の頭になにかが入るとしての話だがな」エルドン卿が言った。「ほかにナポレオンが竜どもになにを与えるというのだ？」

「敬意です、とにもかくにも」ローレンスは言った。「怠慢と侮蔑をもってドラゴンを扱えば、彼らは卑しい敵の誘惑になびきやすくなるでしょう。たとえ敵であろうと、ほんのちょっとした丁重さや報酬を示されるだけで――」

「もうけっこう、ローレンス、きみの話は聞きたくない」海軍大臣、マルグレーヴ卿が言った。「きみはタレーランやミュラ以上に、ナポレオンに尽くした。ドラゴンの不満分子十頭が集まっても、たちうちできないほどに」

　ローレンスははっとひるみ、ひるんだことが顔に出ていないように願った。そもそもマルグレーヴは、竜疫のドラゴンをフランスに送りこむという破滅的な計画を認めた人物だった。ローレンスは、査問のために海軍本部に呼ばれたとき、偶然、その計画を知った。そして、ローレンスを軍法会議にかけるとき、判事を選んだのもマルグレーヴだった。おそらく彼はローレンスに深い恨みをいだいて、なりゆきを見守っていたのだろう。

「反逆者にならずとも、人はときに救いようのない狂信者となる」マルグレーヴ卿が言った。「しかし、きみはそのどちらでもあるようだな、ローレンス。ほかならぬわたしの助力で、わずかなりとも生き延びることを許され、そのあげくにこのふるまいか。きみはこの世界でもっとも信用に値しない男だ」

　ウェルズリーが語気鋭く言った。「これは内紛だな。タレーランが聞いたら、ほくそ笑むにちがいない」そのあとは、パーシヴァル首相に向かって言う。「どうか、タレーランをミュラといっしょに放り出していただきたい。〝和平交渉〟の旗が軍隊の目の前に立っているあいだ、兵士らの心から、刻々と戦う気概が削がれていく。いまは降服の条件について議論するのではなく、反撃について話し合うべきときだ。どんな美辞麗句で飾りたてたとしても、降服は降服でしかない」

「ウェルズリー将軍、ダルリンプル将軍、無礼な発言かもしれないが、お許しいただきたい」リヴァプール卿が口をはさんだ。「フランスから提示された条件がどんなに不愉快なものであろうと、たとえば三月まで戦いを引き延ばした場合、そこで提示される条件よりは今回のほうがまだましだったということになるかもしれない。この発言が、英国陸軍についての思慮を欠いた発言だとは思われないよう願うが、明らかな事実として、これまでナポレオンは戦闘をはじめたあらゆる敵の軍隊を打ち負かしてきた。ロシア、オーストリア、プロイセン、オスマン、そして英国軍。それを鑑みても、英国陸軍および海軍がいましばらく存続を許され、なおかつ国王の安全が保障されるのであれば、ナポレオンの要求に応じたほうが得策であるようにわたしには思えるのだ。そうすれば、ナポレオンもロンドンを出てパリに戻るのではあるまいか。そのあと、どうにかしてわれわれの力でミュラを――」

「いや、それは」ウェルズリーが話を途中でさえぎり、にべもなく言った。「時間の浪費というものだ。ナポレオンがこの英国にいるあいだなら、この本土侵略のみならず、十年以上もつづいた長い戦争に、一度の勝利で決着をつけられる。もっともまずい展開は、ナポレオンがこの国から出ていくことだ。とにかくいま、彼がわれわれの手の届くところにいることを神に感謝しよう。ひと月でこの地に五万の兵を集められる。さらにエジンバラに六万、そして百五十頭の戦闘竜、われわれにはそれだけの兵力がある。ひと月さえあれば——」

「大陸軍(グラン・ダルメ)の半数が、いつでも海峡を渡れるよう、フランスの海岸に控えている」エルドン卿が言った。「今後ひと月で、ナポレオンは二十万の兵を結集させるだろう」

「いいえ、それは無理です」扉がバタンと開き、ジェーン・ローランドが血まみれの手袋を脱ぎながら入ってきた。髪にも顔にも上着にも血糊(ちのり)がこびりついている。「なにか?」周囲の驚きの表情を見まわしながら尋ね、壁の鏡に自分を映した。「ははん、ひどいありさま。わたしの血ではありません。たぶん、あの哀れなフランス兵の血です、ひと太刀(たち)浴びせましたから」

気遣うように差し出されたブランデーをひと息にあおり、「ありがとうございます」と礼を言って着席した。「ああ、生き返った心地。紳士のみなさん、こんな汚れた恰好で失礼。たったいま東海岸地方から戻りました。フランス軍がフォークストンから再上陸を試みたのです。しかし今回は、あの男が期待したほどの幸運はなかったようです。われわれは、巨大な銛を用いる敵の作戦を破る方法を考えつきました。鍛冶職人たちに鋭利なワイヤーをつくらせ、伝令竜のキャプテンたちがそれを二本使って敵が仕掛ける牽引ロープをつぎつぎに断ち切っていきました。そして、ここに緊急文書があります」ジェーンがそう言うと、彼女の副官のフレットが背後にあらわれ、何通かの封筒をテーブルのパーシヴァル首相の前に置いた。「コリングウッド提督からの文書です――敵の戦列艦六隻を拿捕、四隻を撃沈、二隻を炎上。敵の六万の兵士のうち上陸を果たした者は三千名に満たない」

この報告が大きな歓声をもたらすと同時に、場の空気を一変させた。勝利の目算はけっして高くはない。だがそれでも前よりは希望を持てる。砂糖を長く断っていると、わずかな甘みすらすばらしく甘美に感じられるものだ。エルドン卿は押し黙っていた。ウェルズリーが席から立ちあがり、ジェーンがはっと気づくより早く、彼女の手を握った。

パーシヴァル首相が勢いこんで言った。「つまり、あの男はこれ以上なにも持ちこめないというわけだな。いま、フランス軍の擁する兵力は？」。

「いいえ、夜間にドラゴンを使って空から持ちこめます」ジェーンが言った。「航空隊は警邏活動をつづけているし、海軍も同じです。でも、イギリス海峡をひそかに渡るすべてのフルール・ド・ニュイ〔夜の花〕を発見できるわけではない。夜目のきくフルール・ド・ニュイなら、夜間に一度におおよそ二百名の兵士を運べるでしょう」

「今回、敵を叩かなければ、十頭のフルール・ド・ニュイを毎夜こちらに差し向けていたかもしれない」ウェルズリーが言う。「とにかく、相まみえるまで、フランス軍はわれわれ以上の兵を集められないわけです。みなさん」テーブルを隅々まで眺めわたしてつづけた。「会議室のテーブルにしがみついていて勝てた戦争はない。多くの戦争がそうやって負けてきた。どうか、ここを臆病者の部屋にしないでほしい。ここに集っているのは大ブリテン人だ。あなたがたの信頼と十万の兵士をわたしにあずけてはくれませんか。わたしは、ナポレオンを恐れていない。いかがなものだろう？」

しばらく沈黙がつづいた。みなの視線がダルリンプル将軍のほうを向いた。「共同で指揮をとることも――」と、ひとりが話しはじめる。

「それは無理だ」ウェルズリーがあっさりと切り捨てた。「わたしを信頼できないのなら、別の人物を選んでいただきたい」

ふたたび沈黙がおりた。しばしの躊躇……。しかし、ウェルズリーはしっかりと好機をとらえていた。勝利と成功の輝きがまだ彼方に見えるときに決着をつけた。パーシヴァル首相が立ちあがり、テーブルに両の手のひらをついた。「決まったようだな。では、バサースト卿、きみからわれわれの客人に伝えてくれたまえ。和平会議はこれで打ち切りだと。ウェルズリー将軍、きみが総司令官だ。神のご加護があらんことを」

それから一分とたたないうちに、ウェルズリーは外の回廊を進んでいた。「まったく時間と体力の無駄だった。それでも、会議は終わった。取り返せない失点もなかった。ローランド、輸送用に百頭のドラゴンがほしい」

「百頭は無理です。いまは五百マイルの海岸線を守らなければならないので」ジェーンがウェルズリーに歩調を合わせながら返事した。

「さらに三万の兵士をここに、四万の兵士をエジンバラに、どうしても集めなければならない」ウェルズリーは譲らなかった。

「では、どこで兵士を乗せて、どこでおろすかを教えて。あとはなんとかしましょう」ジェーンが言った。「長距離を飛んでパトロールできるドラゴンを見つくろわなければ」

「それでいい」ウェルズリーがうなずく。「ローリー、各要塞の守備隊のリストを彼女に渡してくれ」肩越しに副官に命じた。「さて、教えてほしい。ナポレオン軍はいかほどの供給を必要としているだろう？」

「ドラゴンのために？　まずは一日につき百頭の牛」ジェーンが答える。「重戦闘竜の割合が多ければもっと。でも、ドラゴンたちは自力でも食事を調達できます。つまり徴発（ちょうはつ）ということですが。スコットランドの山々の南に、土地の牛を食べ尽くすほど英国のドラゴンはもういません」

ウェルズリーがうなずいた。「けっこう。わたしはエジンバラに行く。そこで軍隊を再編し、秩序を取り戻し――」

「ウェルズリー。あなたが行ってしまう前に、これだけは言わせてもらうわ。わたしはドラゴンを使って、あなたの望むところに兵士たちを連れていける。でも、ナポレオンをここに連れてきて、あなたと戦わせることはできない。あの男は当分、ロンドンに腰を落ちつけているでしょう。そして、春になれば、われわれ英国側が供給不足に苦しむようになる。スコットランドの家畜で、大量のドラゴンを永遠に養いつづけることは不可能よ。そのうち繁殖用の牛にも手をつけることになる」

ウェルズリーがじろりとジェーンを見た。「きみに感謝する。その厄介な問題をあの閣僚たちの前で言わなかったことを。ああ、カスルリーが陸軍大臣だったら、どんなによかったか！」

ジェーンが鼻を鳴らした。「軍事がわからない政治屋たちを手玉にとる方法なら、わたしに講義する必要ないわ」

「ああ、必要なかろう」ウェルズリーがしぶしぶ認めた。「とにかく、わたしのもとへ兵士を運んでくれ。さて、あのコルシカ人をどうやってロンドンから追い立ててやるか、策を練るとしよう」

ローレンスが広場に戻ると、テメレアが東海岸の戦闘から戻ったばかりのマクシムス、リリーと楽しげに話していた。二頭はずうずうしくも、不平を言うイエロー・リーパーたちや文句をまくしたてるバリスタを押しのけ、テメレアのかたわらの温かな岩の上に割り込んでいた。

「そうよ、ついにおなかの卵から産まれたってわけ」リリーが話している。「でも、その子ったら、なんの役にも立たないの。一日じゅう寝てるか泣いてるか。それに、あたし、どうにも赤ん坊の臭いが好きじゃない。でもね、それはキャサリンのせいじゃないの」と、忠誠心を発揮して言い添えた。「たぶん、あのおぞましい船乗りのせいよ。あの男とキャサリンを結婚させなきゃよかった。いまとなっては、キャサリンとあいつを引き裂くこともできないし」

キャサリン・ハーコートが、ドラゴンたちのそばに、バークリーとともに立っていた。ローレンスはためらうことなく近づいた。臆するところはなかった。ひどく神経を消耗させる会議のあとに、もうこれ以上心の痛手を恐れる必要はなかった。キャサリンは無言で握手を求めてきたが、その手にこめられた力に彼女の気持ちが感じられた。

産後のキャサリンは、卵の殻のように脆そうに見えた。青白い顔、目の下の青い隈。赤毛が白い肌に鮮やかに映えていた。妊娠中に患った病がまだ完治していないのだろう。腕が細くなり、腕力も衰えていそうだ。もっと長く休んでいたほうがいいのではないか、とローレンスは心配した。

キャサリンが、ローレンスの視線をとらえて、きっぱりと言った。「お願い、あたしにお説教はやめてね。リリーを休ませているわけにはいかないの。フランスがさらに六万の兵士を上陸させようとしたのよ。もう聞いた？」

「聞いたよ。勝利したそうだね、おめでとう」ローレンスは言った。軍人であるキャサリンに対して説教する権利など自分にはない。もちろん、彼女の夫のライリーにもないはずだ。「そして、息子さんの誕生も祝福するよ」

「ああ、そのこと」キャサリンがあっさりと返した。「ありがとう」

フランスの使節団が基地から出ていこうとしていた。パピヨン・ノワールの背にドーム型のテントが組み立てられ、タレーラン外相が竜のかぎ爪で上に運ばれ、慎重にその背を這ってテントにおさまった。一方、ミュラ元帥は生まれながらの飛行士のように、竜の横腹をよじのぼり、首の付け根の竜ハーネスに自分の搭乗ハーネスを留め付けた。

パピヨン・ノワールは、多くのドラゴンから見られていることを意識し、玉虫色の翼を誇示するように開き、小さくはあるがきらびやかな記章が目立つように胸を張った。飛び立つときには快活に声をかけた。「ごきげんよう！　いつかわたしを訪ねてくれ。ロンドンにでも、パリにでも」

アルカディが盛大に鼻を鳴らし、自分の胸にある真鍮の大皿のメダルを鼻面でこすった。そのメダルは、一年前、警邏活動に出る励みとなるように、ジェーンがアルカディに贈ったものだった。

「ああ、せいせいした」テメレアが空に消えゆくフランスのドラゴンを冷ややかに目で追いながら言った。「あんなものは全部ペテンに決まってる。あいつは金の鎖もルビーも、ほんとうは持ってやしないんだ」

ローレンスは、フランスの使者たちが立ち去ったことに安堵した。しかし、彼らが落とした暗い影は、勝利によってしか消えないだろう。そして、いまのところ勝利の日は遠く、見込みは薄い。今回ナポレオンが提示した条件は、もしフランスによる占領が春までつづいた場合に提示される条件と比べれば、まだ寛大なものだったのかもしれない。イングランドの要塞がひとつ、またひとつと飢えはじめ、敵の攻撃を受けて降服し、追い打ちをかけるように、ナポレオンが軍団を港湾都市に送りこんで、英国海軍への供給を断つ。そのあいだに、フランスのドラゴンたちが、イングランドの牛を食べ尽くす。そして、英国のドラゴンたちが飢えはじめる。春になって雪が解ければ、山々を越えるのもたやすくなり、ナポレオンの歩兵部隊がスコットランドまでやってくるだろう。つまり、ナポレオンはそれまで、悠々と待っていればいい。ロンドンの快適な暮らしを謳歌しながら、春を待てばよいのだ。

「おれたちは、今夜もパトロールに出る。北海沿いに飛ぶことになってる」マクシムスが言った。「いっしょに来るかい？」

「パトロールか」テメレアがため息とともに言った。「ああ、行くよ。いいよね、ローレンス？ 兵士を運ぶよりはましだよ」

「きみにはもうひとつ仕事がある。きみの隊をまとめるという仕事がね」ローレンスは言った。

ハーネスを装着しないドラゴンを組織して警邏活動を行うのは、なかなか大変だった。イエロー・リーパー種は、一般的には混合グループのバランスを調整するために用いられるのだが、テメレアは同じ種と行動することを好む彼らをまとめておこうとした。一方、アルカディをはじめとする野生ドラゴンは、英国のドラゴンと使う言語は異なるが、多くのグループに分散させるようにした。「パトロール飛行だったら、彼らだってうるさく大声で話さなくても理解できるしね。それに連中はすぐにどこかへ飛んでいってしまう」テメレアは不愉快そうにつづけた。「とにかく、イスキエルカから遠ざけておかなくちゃ」

「あの子はすごく進歩しましたよ」グランビーが、ローレンスとサルカイに言った。ある夜、ニューカッスルに近い場所で野営を張り、焚き火を囲んで夕食を食べているときだった。焚き火から少し離れたところで、テメレアとイスキエルカが大声で口論し、時折りアルカディが口をはさんでいた。「あいかわらず、うるさいですが」と、グランビーはあわてて付け加えた。「でも、完璧に協力的です。パトロール飛行のときも型どおりに飛んでいます。報奨金目当てに飛び出していくこともないし、不平も言わなくなった。こんなことなら、喜んで五回くらい捕虜になってみせますよ」

ローレンスは焚き火に目を伏せた。グランビーが敵の捕虜になったばかりに失ったものが、あまりにも重く心にのしかかっていた。ジェーンに頼んで諜報部に問い合わせてもらったが、イーディスに関する情報はなにも入っていなかった。諜報員は一日に何度もロンドンの情報を伝えてくる。だが、ロンドン在住の上流婦人の逮捕は——処刑ですらも——語るまでもない事件として片づけられてしまうのだろうか。

サルカイがグランビーに言った。「あなたの満足に水を差すつもりはありません。

しかし、完璧に協力的な態度には警戒が必要です。むしろ、進歩は少しずつのほうが信用できる。自由の味を知った生きものは、そう簡単に規律ある世界に戻ることはできないものですよ」サルカイは自分の鷹にひと切れの肉を与えた。鷹は焚き火で焼きあがったウサギを鋭い目でじっと見つめている。

「あたし、ちゃんと規律を守ってるもん」会話を聞きつけたイスキエルカが言った。「飛び出していく気もないわ。もっと運んだっていいくらい」家畜のことを言っているのだった。輸送とパトロールを同時に行うために、ジェーンは、ドラゴンたちがパトロール中もそれぞれ自分の積載量の半量の荷を運ぶという妥協策を打ち出した。半量の荷なら、中型ドラゴンはそれぞれのクルーを全員乗せられたし、ドラゴン自身が荷の積み下ろしをすることもできた。もし戦闘になったとしても、戦うのにさしつかえるような重さではない。

テメレアたちの隊は北海沿岸を担当し、食糧の調達を行った。イスキエルカは今回、十数頭の大きな黒豚を運んだ。その豚たちが野営のはずれの柵囲いに入れられ、朦朧（もうろう）とした意識のなかから時折り鳴き声をあげている。もっとも入手しやすい麻酔薬、すなわち、強い蒸留酒（リカー）を飲まされているため、強烈な酒臭さがあたりに漂っている。

「言っちゃなんだけど、きみの言うことは、嘘くさい」テメレアがうんざりしたようすで言った。「だってきみは、グランビーに捨てられたくないだけだろう？　自分がいちばんよくわかってるだろうけどね」

鹿は輸送には向かないことがわかった。恐慌状態に陥って酒を飲ませることもできないからだ。魚類も鮮度の問題があり、むしろドラゴンたちが飛行中の食事とするのに適していた。北海沿岸で牛の供給は乏しくなり、内陸まで入ってさがす回数が増えるほど、沿岸の警備には穴があき、そこに大量の兵士を送りこまれる危険が増した。ナポレオンは、兵士を満載したドラゴンをイギリス海峡に飛ばして英国に上陸するチャンスを、虎視眈々と狙っていた。

サルカイが言った。「明日になったらもっと見つかりますよ」奇妙な自信がこもっていた。ところが実際に、翌日の夕方、サルカイ自身がアルカディを先導役にして、豊かな農場がある土地に行き、二十数頭の牛を手に入れた。サルカイは酩酊した牛をドラゴンに積みこむ作業を指揮しながら、奇妙にゆがんだ表情を浮かべていた。その表情ゆえに、ローレンスはどうやって牛を見つけたのかを訊いてみたくもあり、同時に、訊きづらくもあった。

そこは、イングランドからスコットランドにわずかに踏みこんだ土地だった。かつてこの地でサルカイが裁判沙汰に巻きこまれたことを、ローレンスは知っていた。しかし詳細はわからない。そして、サルカイが話さないかぎり、それに関してなにか尋ねるつもりはなかった。

牛の勘定書は思いのほか安かった。そこからのパトロール飛行では、なんの収穫も得られず、結局、手に入れた牛をその日の供給としてロッホ・ラガン基地に持ちこんだ。家畜が乏しくなるとともに、農場主たちは家畜を隠すやり方を日に日に上達させていった。

「どいつもこいつも、ボニーの野郎も、まったくもう！」ローレンスがその日の収穫を報告すると、ジェーンは憤然として、手の甲でひたいをこすった。「ウェルズリーに言ってちょうだい。わたしが予測したより一週間早く食糧が底をつくでしょうって」ジェーンが話しかけたのは、机のそばに控えて、落ちつきなく左右の足に重心を移し替えている若い陸軍将校で、おそらくはウェルズリーの部下だった。「ドラゴンを二十頭寄こせですって？　とんでもない、十頭にして。だめよ、ぜんぶ重戦闘竜にしろだなんて。ローレンス、ウェルズリーがあなたたちを寄こせですって」最後はローレンスに言い、机の上から蠟で封印された書類をつまみ、軽く放って寄こした。
「あなたとテメレアと、ここから出せるだけのドラゴンをエジンバラまで送れですって」

ローレンスは封を解き、命令書を開いた。紙は一枚で、文面はわずか数行、署名もなかった。〝あの火噴きの怪物も連れてきてくれ。何頭だろうが、ローランドがきみに許すだけ多くの竜を。獰猛なやつを頼む。残忍であればあるほど好ましい〟

ローレンスはゆっくりとそれを読み、ふたたび折りたたんだ。〝残忍〟という言葉が、心に暗い影を落とした。ジェーンはこの命令書の文面には目を通していないだろうが、彼女なら自分と同じぐらいこの文面を嫌悪するにちがいない。

ジェーンは仕事をつづけていた。「フレット、ライトリーが五頭の中型ドラゴンを連れてインヴァネスに行くよう手配して。ついでに、あのいけ好かない大佐に、ドラゴンが明日の夜には到着するから、兵士たちをドラゴンに乗せないなら、翌日には軍法会議にかけるって書状を送っておいて。もう、こんなばかばかしいことに無駄遣いしてる時間はないのに」そう言うと、一度に三通の命令書を副官に手渡した。「ローレンス、あなたが連れていく竜を選んで。あなたの好きなように。編隊飛行の編成にもとらわれなくていいから」

あまりに多くのドラゴンをここから連れ出し、ジェーンに負担を強いるわけにはいかなかった。「テメレアのほかに十頭でどうだろう？」ローレンスは言った。「ウェルズリーがイスキエルカも来るよう求めている」

「どうぞ」ジェーンはかすかに動揺の表情を見せた。「イスキエルカを連れていって。小競り合いぐらいはあるかもしれないけど、彼女をパトロールに使うのは、火噴き種の無駄使いにちがいない。そう、それから、これ」書類が山と積まれた机から一通の封書を抜き取って、ローレンスに差し出した。「ここで読んで。あなたに渡すことはできないから」

荒い筆跡で、綴りの誤りや大文字の使い方の間違いの多い文面だった。


お尋ねのご婦人、監視つづけましたが、いまのところ迫害されるようすはなし。しゅびよく数人の耳に、彼女の夫はどうしようもない道楽者で、不幸な結婚生活だったという噂を吹きこんでおきました。あらぬ噂と不名誉を与えること許したまえ、いずれは国家の英雄の名において、その汚名が返上されんことを望みます。逮捕の危険はとりあえず過ぎ去ったとみてよく、かくじつにお伝えできるのはこれくらい。訪問をことわられて、じかに話を聞くことはできませんでした。伝え聞くかぎりでは、彼女はいまもって嘆きのふちにあり、子どもは病気とのこと。

明日、わたしはダヴー元帥の晩さん会に招待されています。しかし、彼はミュラとはちがって口が堅く、あまり期待できそうにありません。

手紙には署名がなかった。ローレンスは、イーディスについて書かれたくだりを二度読み、ジェーンに返した。「感謝します」それだけ言うと、一礼して退室した。そこにいると自分を抑えきれず、なにか不都合なことを口走ってしまいそうだった。

テメレアは、特別な任務に抜擢(ばってき)されたことをうれしく思った。その喜びほどではないが——大事な仕事だとは承知しているが——パトロールや兵士の搬送から解放されるのもうれしかった。唯一悩ましいのは、誰といっしょに行くかという選択だった。

「ウェルズリーは、戦闘能力が高く、戦う意欲にあふれたドラゴンを求めている」と、ローレンスが言った。それは納得できた。兵士を運ぶために往復(おうふく)するより、もっと血湧き肉躍る戦いに適したドラゴンがほしいということだ。問題は十頭という枠だった。イスキエルカの参加はすでに決まっているので、選べるのは九頭ということになる。ただし、テメレアの目から見れば、イスキエルカはこの栄誉に値しない。誰だって火ぐらいつけられる。たんに火噴きというだけだ。ほかに秀でたところはひとつもない。そう、火種さえあれば……。思わずため息が洩れた。どうせあんなやつ、役に立たないに決まってる。

イスキエルカは兵士の運搬からも免除されていた。火噴きのカジリク種は蒸気の噴き出す突起が背中に並んでいるので、大勢の兵士を乗せることができないのだ。それでも、イスキエルカを除外するわけにはいかなかった。マクシムスとリリーにも打診してみる必要があった。ところが意外にも、ローレンスがこの二頭を選ぶことに積極的ではなかった。

「本物の戦闘だっていうのに、マクシムスとリリーを誘わないのは失礼じゃないかな。ぼくが行くっていうのにさ」テメレアは抵抗した。二頭がこれを聞いて怒りはしないかと肩越しに後ろを見やった。幸いにも、マクシムスは、九頭のウィンチェスターと小さな野生ドラゴンを毛布代わりに、高いびきをかいていた。リリーは、城塞の遠く離れた壁のそばを宿営にしていた。その上にはキャプテン・ハーコートの居室があり、キャサリンが赤ん坊の面倒を見るために屋内で寝起きするのに嫉妬して、窓の下に貼り付いているのだ。

「ハーコートはまだよくないみたいだね」ローレンスが言った。

「そのようだね、リリーによれば。だからこそ、ぼくはリリーを誘いたいんだ。キャサリンは南へ行って、本物の戦闘に加わったほうが体調がよくなるにちがいないって、リリーが言うんだよ。じめじめした天気のなかを行ったり来たりしてるよりずっといいって。いまのキャサリンは、風邪を引きやすい。だから、あまり長く空にいないほうがいいんだ」

「バークリーはぜんぜん風邪を引かないぞ。でぶっちょだからな」マクシムスが片目だけあけて、眠たげな声で言った。「だが、おれも南に行って、戦いたいよ」

結局、これでリリーとマクシムスの参加が決まった。あとは残る七頭をどうするかだった。テメレアはひたいをかぎ爪の先でカリカリと掻いた。「できるなら、ゲンティウスを連れていきたいな。彼は兵士を運べるわけでも、パトロールできるわけでもないけど、このロッホ・ラガン基地にいたら、眠ってるだけになっちゃうからね。

ゲンティウスを運ぶために、アルマティウスも必要だね。大型ドラゴンのなかではアルマティウスが適任だろう。マジェスタティスとバリスタは連れていかないほうがいい。彼らは仲間をまとめるのがうまい。彼らまでいなくなったら、みんな、兵士たちを運んで往復する仕事に身が入らなくなるんじゃないかな。レクイエスカトもだめだ。大型ドラゴンでないかぎりレクイエスカトには反論できないから、ほかのドラゴンが言い負かされて命令を無視してしまう可能性がある」

あとに残していく仲間が気を悪くしないようにするにはどうすればよいか、テメレアは知恵を絞った。そして、階級を与えるという案を思いついた。「ウェルズリーは気にしないよね？」と、ローレンスに尋ねた。

「なかなかいい考えだわ」ローレンスがローランド空将に問い合わせると、彼女はおもしろそうに言った。「あなたたちの軍団は民兵の扱いになってるけど、英国航空隊の指揮下に入ったほうがいい。とすると、テメレア、あなたは大佐じゃなくて、准将格の司令官。そして、あなたの部下は空将。ドラゴンが人間みたいに肩章を付けるのは、ちょっとむずかしいかもしれないけれど」

「ふふん、肩章か」テメレアの頭に、またひとつアイディアがひらめいた。兵士を運ぶための輸送用ハーネスをつくる手伝いとして、ロッホ・ラガン基地周辺の村々からお針子たちが集められていた。そのお針子チームに、今回は、余った絹地や革で花飾りをつくる仕事がまかされた。こうして仕上がったのは巨大なモップの頭のような色鮮やかな飾りものだった。もしゃもしゃと集まった絹地のまんなかで金の布地がきらりと光り、幅広のリボンがいくつも垂れている。そのリボンを使って花飾りを竜ハーネスの端に結びつければよかった。本物の肩章とはかなり異なるが、どのドラゴンもそんなことは気にしなかった。

「こりゃあいいや」レクイエスカトが首を器用に動かし、自分の肩に留めた鮮やかなグリーンの飾りをためつすがめつして言った。マジェスタティスでさえ、いつもの皮肉を控え、自分の肩章をちらちらと見やった。真紅の飾りは彼の黒とクリーム色の体色によく映えており、テメレアは、自分の淡いブルーの飾りと同じくらいすてきだと思った。ただし、テメレアの場合は戦隊指揮官なので飾りはふたつになる。

「そうだね、もし優れた才能を発揮してみんなを助けるドラゴンがいたら、そのドラゴンは空尉になる。そして、小ぶりの飾りをもうひとつ与えられるんだ」テメレアは仲間にそう告げると、「これでうまくいったね」と、ローレンスに語りかけた。「いっしょに行くドラゴンだけど、あとはイエロー・リーパーのなかから何頭か選ぼう。もちろん、メッソリアとイモルタリスは入れるよ。どちらもずっと空の仲間だったから。ハーネスをつけないドラゴンからも二頭を選ぼう。ペルシティアにはぜひ入ってほしい。彼女はとても頭がいいから」そこからは声を落としてつづけた。「ペルシティアをここに残していったら、誰かとけんかしそうだからね。さてと、あと必要なのはいくつかの大砲だね」

イエロー・リーパーたちが誰を送り出すかで口論になったが、結局、カルセドニーとグラディウスの参加が決まり、カンタレラがあとに残るものたちをまとめる役として肩章を獲得した。モンシーも伝令竜のリーダーとして一個を得た。飾りはモンシーの頭ほど大きかったが、大喜びだった。小さなミノーも同様だった。

最後はけんかもなく、恨みを残すこともなくおさまり、テメレアは自分の采配（さいはい）に自信を持った。

「なかなかの軍団じゃないかな？」テメレアは、ローレンスも満足していることを確かめたくて尋ねた。「残念なのは、イスキエルカが入ってることだけど、誰もこの選択に不満はないと思うな」

「ああ」ローレンスが答えた。

「ずっと考えてたんだけどね」自分勝手だと思われないよう願いつつ、テメレアは斜め上からローレンスを観察した。「もし、ぼくらの残りのクルーを取り返すとしたら、ちょうどいい頃合いじゃないかな。いまの状態に満足できないわけじゃないけど、腹側乗組員（ベルマン）がいたら、爆弾も使えるようになる。ウィンストンは戻ってきてくれないだろうか？　彼ならフェローズを助けられるだろうし」

「彼らがチームに戻ることを望むならだな」ローレンスが言った。「反逆者といっしょに任務に就けとは、わたしの口からはとても言えない」

「ふふん」テメレアは言葉に詰まった。「でも――」それ以上なにも出てこなかった。自分のかつてのクルーがチームに戻ることを選ばなかったとは、考えてもみなかったのだ。確かに彼らはほかのチームにいる。別のドラゴン、別のキャプテンのもとで働いている。テメレアにはそれが奇妙なことに思えてならなかった。自分は戦隊指揮官となり、与える印象も前よりいいのではないだろうか。ローレンスは誤解しているのではないか。元クルーを呼びよせるのをためらっているだけではないのか。もしかしたら、彼らは自分とローレンスが自由の身になったことを知らないのかもしれない。

「でも、マーティンやフェリスなら、きっと来てくれると思うんだけど」

ローレンスは押し黙り、しばらくは身じろぎもしなかったが、やがて言った。「フェリスは、もう航空隊にはいない」フェリス自身は反逆行為に関与していないと主張したにもかかわらず、空将たちがそれを信じなかったのだという。

「じゃあ、フェリスはいまどこにいるの？」テメレアは尋ねた。フェリスがほかのドラゴンについていないのなら、自分についているのが自然なことに思えるのだが……。

しかし、ローレンスはきっぱりと言った。「わたしからの連絡が歓迎されるはずがない」

テメレアはそれ以上自分の意見を押しつけなかった。しかし、心ひそかに自分からフェリスに手紙を書こうと思った。おそらくエミリーかサイフォが文字に書き起こし、フェリスの居所を突きとめて送ってくれるだろう。

ちょうどそのとき、ドーヴァー基地の時代から見知っている雌ドラゴン、オルケスティアが、パトロール飛行を終えて広場に舞いおりてきた。かつてテメレアのチームにいた空尉候補生のマーティンが、いまはオルケスティアのクルーになっている。マーティンの明るい黄色の髪と航空隊の深緑色の上着は鮮やかな色の取り合わせなので、遠くからでもよく目立った。

「ミスタ・マーティン」と、テメレアは通り過ぎる彼に呼びかけた。戻ってきてくれるよう頼めるのではないかという期待があり、自分が指揮官になったことを知っているかどうか、今回の特別任務に参加する気があるかどうかを確かめてみたかった。

マーティンは名前を呼ばれ、少し驚いた顔で振り返ったが、つぎの瞬間にはテメレアに背を向け、オルケスティアのクルーとともに城塞のほうに歩み去った――ひと言もなく、軽い会釈すらもせず。以前はあんなに人なつこく打ち解けていたのに……。

「テメレア」ローレンスが言った。「いまみたいなことを二度としないでくれ」

「しない。もうしないよ」テメレアは感情を抑えて言った。マーティンはただテメレアとローレンスを無視しただけではなかった。彼は人前でそれを実行した。そこに居合わせた人々に無視したことを知らしめるように。だからこそ、ひどく不愉快な気分になった。言葉にしたわけではないが、それはテメレアやローレンスとはいささかも関わりたくないという意思の表明だった。

「でもね」テメレアはローレンスにゆっくりと語りかけた。「だからと言って、ぼくらが薬キノコを奪ったことを、彼が認めていないわけじゃないよね？　マーティンだって、すべてのドラゴンが死ぬところを見たいなんて思わなかったはずだよ」

「ふたつの悪を比べたら、国家への反逆よりは、敵のドラゴンを皆殺しにするほうがましだと思ったのかもしれないな」ローレンスは読んでいる本から顔もあげずに言った。

「ふふん！　じゃあ、残念でもなんでもないや」テメレアは憤然と言った。「オルケスティアのところにいるがいいさ。あの雌ドラゴンが彼をほしいっていうなら、それでけっこうさ」

虚勢（きょせい）を張ってみたものの、内心では傷ついていた。しかしこのときはまだ最悪の事態に気づいていなかったのだ。哀れなフェリスの身に起こったことがなんであったかを、テメレアはほんとうの意味では理解していなかった。

それを理解したのは、その日の午後だった。エジンバラに向かう全員が集まり、出発の準備を進めていた。テメレアにもハーネスが装着され、冬の淡い日差しに肩章が輝いていた。ひとりの見習い生がやってきて、出発の時間が来たことを告げた。「ミスタ・ローレンス、空将からの命令書です」見習い生が封書をローレンスに手渡した。

「うむ」ローレンスはそう返しただけで、少年の呼びかけを直そうとはしなかった。

命令書を受け取り、上着のポケットにしまった。そしてこのときはじめて、テメレアはローレンスの軍服の肩に、キャプテンが付けるはずの金の線章がないのに気づいた。「そういうことだ」しばらくして、ローレンスのほうからテメレアに言った。「わたしも航空隊から除籍された。いまはもう、どうでもいいことだが」ローレンスは短い沈黙のあとに付け加えた。しかし、そうは言っても、どうでもいいはずがない。そんなはずはない、ぜったいに……。「さあ、出発しなければ」ローレンスが言った。

ローレンスは、エジンバラ城の中庭にいて、胸壁のそばで海を見つめていた。テメレアは城のふもとにある暗い基地のどこかにいるはずだ。基地は明かりの灯る街のかたわらにぽっかりとあいた穴のようだった。エジンバラの街は、城の周囲からフォース川沿いに広がっていた。船が波間で不安定に上下している。風が吹き荒れ、氷雨が針のように顔を打つ。はるか彼方でいくつかの明かりが動いていた。船よりは高い位置にあり、星よりも明るい。ドラゴンたちがパトロール飛行をしているにちがいない。「カレーからブローニュまでの海岸沿いに三十万の兵士が待機し、チャンスを狙っているそうだ」中庭を巡邏する海兵隊の軍曹が仲間の兵士に話しかけていた。ひとりが、はるか遠くの敵を狙うかのように、胸壁越しに勢いよくつばを吐いた。

彼らはまだローレンスの存在に気づいていない。ウェルズリーとその部下たちは塔内の部屋にいた。夜になって大気は冷えこみ、雨が降り、石畳(いしだたみ)が凍って滑りやすくなっている。塔内にも控えの間は充分あるというのに、ローレンスは外で待たされた。意図的な冷遇だった。湿気は革の外套と布の上着にやすやすと滲みこんだ。胸壁ぎりぎりに立つと、明かりの外になり、闇に目を凝らすことができる。ただし、そこになにかが見えると思ったら、それは空想上の産物だ。こんな時間に実体あるものが見えることはない。

「今夜あたり、千人ぐらいの兵士が送りこまれてくるかもしれないな」軍曹が仲間に話しつづけた。「闇夜のたびに、フルール・ド・ニュイが飛んできやがるからな。二日前、海軍が一頭を撃ち落としたそうだ」声に復讐心がこもっている。「石のように海に落ちていったと聞いた。背中に乗った二百人の仏兵(カエル)もろとも。だが、たいていはやつらを見つけられない」

「ウィードンベックの補給基地が全焼したそうですね」若い兵士が切り出した。「やつらはドラゴンを使って爆弾を落とし、建物をまるごと破壊したとか」

「いまいましい」軍曹が陰気な声で言う。「おっと、失礼、サー」ローレンスに気づき、軍帽に指で触れる敬礼をした。

ローレンスはふたりにうなずきを返した。彼らは沈黙し、その場にとどまった。塔の横手にある扉が開き、昂揚した声が聞こえ、ふたたび扉が閉まった。が、それでもまだ戦略と犠牲に関する意見をぶつぶつと述べる声がつづいていた。

ローレンスは声のするほうを見た。ウェルズリーでも彼の副官でもなく、そこにひとりの老人の姿があった。シャツの寝間着に室内履きで、独り言を言いながら雨のなかを歩いている。まばらな髪は薄灰色で、かつらをかぶっていないため、みすぼらしい印象だった。リューマチを患っていると思われるおぼつかない足取りで、手探りしながら中庭を横切り、城内の教会堂のほうに向かっていく。

「教会堂の司祭でしょうか？」若い海兵隊員がささやいた。

「こんな時刻にか？」軍曹がいぶかしむように言い、海兵隊員とともにローレンスのほうを見た。

ローレンスは中庭を横切って、老人に近づいた。濡れて凍った石畳の上で、老人は不安定に立っていた。独り言は途切れることなくつづいていたが、声が低くて聞き取りにくい。言葉が聞き取れるまで近づいても、なにを言っているのかわからなかった。「馬」と老人は言った。「馬、ラバ、三週間の穀物、コペンハーゲン、コペンハーゲンの艦隊、三十三ポンド……」

老人はローレンスが近づいたことにも気づいていない。「なかに戻られたほうがよいのではありませんか?」ローレンスは声をかけた。

「いいや」と老人は気むずかしげに言った。「おまえなのか、ミュラ? おまえなのか?」目を鋭く細めて、ローレンスの顔をじっと見る。ローレンスの上着に触れ、満足げにうなずいた。「おまえはナポレオンではないな。おまえはミュラだ。わたしを殺しにきたのだな? 腕を貸しなさい」老人は突然、威圧的になり、ローレンスの腕をつかみ、体重をあずけてきた。老人の視線が教会堂をひたと見すえていた。

やがて老人は、意を決したように、教会堂を目指して、ひょこひょこと歩きはじめた。「あいつらはわたしを殺すつもりらしいな」と、ローレンスに耳打ちする。「あそこでいま、それについて話し合っておるのだ。わたしの息子もいっしょにな」老人は、怒ってもいないし、恐れてもいない。むしろ、おもしろおかしく噂話を披露(ひろう)しているかのようだ。

ローレンスは塔のほうを振り返り、ふたたび老人の横顔に視線を戻し、はっと気づいた。「陛下……」引き絞るような低い声になった。「なかまでお伴いたしましょうか？　こんな天気の日に外にいらっしゃっては、お体に障ります」自分の外套を脱ぎ、国王の肩にかけた。

「わたしはウィンザー城に行く」国王が言った。「ナポレオンはそこにはいない。なぜ、ウィンザー城に行ってはならぬ？」足はなおも教会堂に向かっており、ローレンスは国王をひとりにしないために歩調を合わせてついていくしかなかった。

「やつはロンドンにいる！　やつはロンドンにいる！　やつはロンドンにいる！　ウィンザー城にはいない。わたしはハリファックスに行く必要はない。そこに行くのは臆病者だ。おまえはわたしをハリファックスに行かせたいか？」国王は、ローレンスに強い口調で問いかけた。「息子はわたしを行かせたがっておる。息子はわたしが海で死ねばいいと思っておるのだ」

「ご無事であらせられますように、陛下」

「わたしは行かぬ。行かぬほうがよい。わたしはイングランドに骨をうずめたい」

ドアがふたたびバタンと開き、あわてふためいた召使いたちが、外套と傘を手に近づき、なかに戻るように説得をはじめた。ローレンスには一瞥を寄こしただけだった。彼らに役目をゆずって、ローレンスは身を引いた。国王は声をあげ、誘導しようとする手に抗った。しかしその声はすぐに先刻のような混乱のつぶやきに戻った。内面に向かって意識が徐々に沈潜していくのがわかる。

「哀れなもんですね」海兵隊の軍曹が近づいてきて、国王の後ろ姿をじっと見つめながら言った。扉がふたたび開くとき、彼はちらりとなかを見やった。「あの老人、頭がいかれちまってるな。いったい誰なんです?」

ローレンスは塔の扉が閉じたあとも、中庭に立っていた。雨が顔をしたたり落ち、袖に流れ、まるで自分から噴き出す血のようだった。立ちつくしたまま、思わず声をあげた。「神よ、どうしてこんなことになるのですか!」

第三部

13　あと少しこの身が汚れても

テメレアは自分の身をきつく丸め、しっぽもぎゅっと引き寄せ、なんとか眠ろうとした。起きているかぎり、考えたくないたくさんのことが心にまとわりついて、離れていこうとしないのだ。

一行がエジンバラ基地に到着したのは夕方だった。そこは寒くて、じめじめして、ぬかるみだらけだった。池の水は飲むのに適さなかった。遠くない過去に、あまりに多くのドラゴンがその周辺に埋葬されたからだ。ドラゴンたちはしかたなく、城の壁から流れてくる雨水の細い流れに代わるがわる首を落とし、変な臭いのついた水を飲んだ。墓の盛り土のあいだが比較的広くあいた場所を見つけて、窮屈だったが、そこで身を寄せ合った。ほかの盛り土のはざまには一頭や二頭分なら余裕があったが、一頭たりとも、そこに行って眠ろうとはしなかった。誰もが仲間と重なり合っていたかった。

ローレンスは到着するなり、ウェルズリーに呼ばれて出かけていき、夕食の時間が過ぎても、戻ってこなかった。夕食は老いた牛二頭の硬い肉、そして羊三頭で、ゴン・スーがクルーを助手にして肉をぶつ切りにし、地面に掘った穴のなかで山のようなジャガイモとともに蒸し焼きにした。幸いにも時間をかけて調理したおかげで、ジャガイモに肉の味がよく滲み、食欲をなくすようなしろものにはならなかった。

「この調理法はおれの好みじゃない」と、マクシムスが顎を舌で舐め、大量のジャガイモを皮ごと口のなかでゆっくりとつぶしながら物思わしげに言った。「でもまあ、生の牛が一頭まるごと食べられないなら、これもしかたないな」

テメレアは自分の割り当てをできるだけ時間をかけて食べるようにした。が、食事の時間を引き延ばすにも限度があり、最後に残した羊の内臓にマクシムスが期待のこもったまなざしを注ぎはじめたので、しかたなく全部たいらげた。そのあとは、居心地の悪いぬかるみで少しでも暖かくなるように体を丸めて、ローレンスのことを心配しつづけた。

「むろん、彼は幸福ではない」と、ゲンティウスが眠そうな声で言った。「この国に仏兵(カエル)どもがあふれているとき、誰が幸福でいられる？　こんなときに浮かれて踊っていられるわけがないだろう」

「でも、悲しむことばかりでもないはずだよ」テメレアは言った。「ぼくらは戦ってフランス軍をこの国から追い出せる。その戦いが、もうすぐはじまろうとしてるんだ」

ゲンティウスがなにかを思い出そうとするように首をかしげた。「人はときとして悲しみに浸るのを好むものだ。わたしの二番目のキャプテンがそうだった。彼女はほとんど毎夜、わたしの翼に体をうずめ、本を読み、さめざめと泣いたものだ。ところが、朝になると、またしゃっきりしておるのだ」テメレアは納得がいかなかった。ローレンスも本を読みふけることはあるが、泣くようなことはない。

しかし、これ以上会話を進めてみたいとは思わなかった。正直に自分の心を見つめれば、ほんとうに心配して……いや、恐れているのは、ローレンスが自分のことを怒っているんじゃないか、という疑いだった。もちろん、あからさまな怒りを示されているわけではないのだが……。

自分はこれまでローレンスが反逆者と呼ばれることのほんとうの意味を理解していなかった、とテメレアは思う。もちろん、政府がローレンスを処刑する、あるいは自分と引き離して投獄するつもりだということはわかっていた。しかし、そのふたつの運命さえ回避できれば、ほかは以前と同じに戻ると、少なくとも最初はそう思っていた。いっしょに空を飛び、いっしょに任務を遂行する——すべてが前と同じように思えた。

でも、けっしてそうではなかったのだ。自分にとって薬キノコを奪いにいく以外に選択肢はありえなかった。それははっきり言える。でも、あの選択をしたとき、反逆者になるというのはローレンスが人生を奪われること、彼のクルーも彼の階級も、もろともに奪われることだとは、まったく理解していなかった。

「少なくとも」と、テメレアは小さな声でつぶやいた。「少なくとも、あなたはまだぼくのキャプテンでいてくれる。たくさんのキャプテンがいて、いろんなタイプのドラゴンを担っているなかで、ぼくは唯一、准将クラスの司令官であるドラゴンだけど——」ああ、だめだ。なんの慰めにも励ましにもならない。つづける気力が失せた。

これではまるで、自分が獲得したもので満足するようにとローレンスを諭しているようなものだ。ローレンスにはなにもない。ひどい目に遭って、なおも侮辱されつづけ、大佐の証である金の線章も失ってしまった……。

テメレアはぬかるみから頭をもたげて、エミリーに呼びかけた。「ねえ、ローランド。キャプテン・フェンターの首飾りを知ってる？　あのエメラルドのついた黄金のやつ。あれは個人の持ち物だよね？　ああいうものを身に付けてもいいんだね？」それは、テメレアはもちろん、ロッホ・ラガン基地の誰もが知っている美しい首飾りで、あの気どったアングルウィング種、オルケスティアのキャプテンが身に付けていた。たとえ、航空隊にないがしろにされたとしても、出世したドラゴンのキャプテンにふさわしいなにかをローレンスが身に付けていたら――。「ローレンスも、ああいうものを買えるだろうか？　エジンバラの街に出たら」

「無理だと思いますよ。ほら、裁判なんかあったから」エミリーがブーツを磨きながら、顔もあげずに、賢しげな返事をした。

「裁判って、なに？」テメレアは困惑して尋ねた。

「あの奴隷たちに関する裁判です」エミリーが言った。「アフリカで、奴隷たちを逃がして、奴隷商人たちを無理やり帰国させたでしょう？　あの奴隷商人たちがキャプテンを訴えたんです。キャプテンは監獄にいたから、裁判で思うように闘えなかったみたい。だから、全財産を奪われてしまった」

「奪われてしまった？」テメレアは、思わず震える尾をバシンと地面に打ちつけた。

「まさか、すべての財産を、そんな……」声を絞り出すのがやっとだった。

「一万ポンドだって聞きました」エミリーが言った。

「一万ポンドとなっ！」ゲンティウスが素っ頓狂な声とともに頭をもたげ、その勢いでぬかるみの泥が飛び散った。「一万ポンド！　一万ポンドをなくしてしまった？　一万ポンドなら、鷲の軍旗十本分の値打ちはあるだろう。いやいや、それ以上だ」

周囲のドラゴンたちから驚きのつぶやきが洩れた。マクシムスもリリーも事態の大きさにたじろぎ、テメレアと視線を合わせられないでいる。テメレアは、裁判のことを、ローレンスからはなにも聞かされていなかった。

　自分の財産まで奪われることになるなんて、ローレンスはあらかじめ教えてはくれなかった。そして、はっと気づいた。なんて薄っぺらな、さもしい言い訳なんだろう……。仲間の前でつい口にしそうになったその言い訳を、ぐっと呑みこんだ。結局は、どうなるか自分の頭で考えようとしなかったのだ。どういう事態であるかを、自分からさぐりにいこうとはしなかったのだ。

　そしていま、自分は戦隊指揮官になって、宝石と二個の肩章をこれ見よがしに身に付けている。ローレンスは日ごとにみすぼらしくなっていく質素な上着のほかに、なにひとつ持っていないというのに……。

「一万ポンドとな!」ゲンティウスがまたも声を張りあげ、首を振った。「きみがそれを台無しにしてしまったわけだな」

テメレアは体を丸めた。なにをどう責められても当然だという気がした。

それでも、「あの薬キノコを奪わなかったら」と、小さな声で言い返した。「ものすごくたくさんのドラゴンが死ぬことになった。戦争とは関係なく、フランスのドラゴンたちもみんな死んでいた。そんなことがあっていいわけなかった」

「あたしに言わせれば」しばらくして、ペルシティアが口をはさんだ。「フランスはその恩義に報いて、あんたたちに宝物を与えてもよかったんじゃない? 彼らのためにやったんだから。いや、彼らのためにってわけじゃないね」と、訂正する。「でも、やつらはあんたたちがしたことから恩恵を受けた。だったら、それにちゃんと礼を尽くすべきだと思う」

「まあね」テメレアは、ナポレオンからそんな申し出があったことを認めざるをえなかった。それがとてもすばらしいものであったということも。「でも、ローレンスは蹴ったんだ。受け取ってはますます反逆者になってしまうから」

「宝物を受け取ったからって、そうまずいことじゃないだろう？　もう国に反逆しちまったあとなんだから」カルセドニーが言った。「結局のところ、やつらは敵なんだ。敵から宝物を受け取れば、敵の宝物は減ることになる。それは敵にとってまずいことだ。おれに言わせりゃ、むしろ宝物を受け取るほうが、反逆への埋め合わせになる」

そう聞いて、テメレアはなるほどと思った。あの時点でそう考えてみればよかった。

「ローレンスが全財産を失うことになるなんて、思ってもみなかったんだよ」テメレアは悲しい気持ちになった。「だから、申し出を蹴ることを重大なこととして考えてみなかった」

「いや、なんの、きみはまだ若い」ゲンティウスがいささか態度をやわらげて言った。「やり直す時間はたっぷりある。戦いに勝つのだ。勝って報奨金を手に入れることだな。最後にはきっとうまくいく。政府も正しくきみを評価するだろう——戦いにおいて勇敢なる働きを充分に示せば」

「これまでだって、勇敢にやってきたよ」テメレアは言った。「でも、政府はぜんぜん公正じゃなかった。ローレンスをぼくから引き離そうとさえした」

「それは、ほんとうの意味で、きみが勇敢ではなかったからだ」ゲンティウスが言った。「きみは戦いに勝たねばならぬ。勝利はひとつの手段だ。わたしの最初のキャプテンがそうだった。当時の航空隊は、ロングウィング種のキャプテンを、正式にキャプテンとして認めていなかった。彼女は〝ミス〟としか呼ばれず、別の男がキャプテンとして騎乗し、彼女はその男の命令に従わねばならなかった。その男というのが、やくたいもない、ただのでくの坊でな、ある日、出撃するどころではなく、へべれけに酔ってあらわれた。編隊のほかのドラゴンたちがすでに待機しているというのにだ」小ばかにしたように鼻をフンと鳴らす。「そこで、彼女はクルーに向かって言った。『紳士のみなさん――』」言葉が途切れ、ゲンティウスは顔をしかめ、前足をせわしなくこすり合わせた。

みながつぎの言葉が出てくるのを待った。テメレアはじれったさに震えるほど待った。ゲンティウスのキャプテンが〝ミス〟から〝キャプテン〟になったのだとしたら、ローレンスも同じやり方で地位を回復できるのではないだろうか。

「思い出すにはちと時間がかかる。彼女はあのとき、なんと言ったか……」ゲンティウスが言い訳がましく言った。「昔と同じようには話せないものだな。おっと、思い出したぞ。彼女はこう言った。『紳士のみなさん、わたしたち軍人の本分は戦いに出ることです。キャプテンの不在を言い訳に、この本分を怠るのはとても残念です。わたしたちはなんとかやれます。たとえキャプテン——、キャプテン——』ううむ、なんだったかのう……」

またも話が途切れ、ゲンティウスは独り言をつぶやいた。「あいつの名前を忘れてしまった。ともかく、彼女はこう言ったのだ。『たとえ、彼がいなくても、なんとかやってみせます。戦いを目の前にして、そこにいないなんて、考えられません。わたしは出撃します。わたしの指揮下に入るのがいやならば、どうぞ地上に残ってください』」

ゲンティウスは誇らしげに語り終えたが、聴衆からの喝采はおあずけになった。

「よくわからなかったわ。それで、戦いには勝ったの?」困惑していたメッソリアがとうとう尋ねた。

「むろん、戦いには勝った」ゲンティウスが苛立って言う。「かえって、うまくいったくらいだ。キャプテン・ホールディング——はっはあ、思い出したぞ——キャプテン・ホールディングが乗らないほうがな。わたしたちの活躍は新聞記事にもなった。

政府もついに折れて、彼女を女性初の正式なキャプテンとした。彼女が戦闘であっぱれな勝利をおさめたからだ」ゲンティウスは話し終えると、意味ありげにテメレアの肩を小突いた。「勝利は手段だ。勝ちなさい。そうすれば上も変わる」

「それはつまり」と、イスキエルカが言った。「戦ったら、なんでもうまくいくってこと。ほら、彼がやってきたわよ。戦いはいつはじまるのか、ちゃんと訊いてよね」イスキエルカもテメレアを小突いた。ローレンスがエジンバラ城からつづく小道を歩いて、こちらに近づいてくる。

ローレンスにどんな顔を向ければいいのか、テメレアはとまどった。罪悪感に苛まれていたので、いっそ非難してくれないものだろうかと半ば期待した。しかし、ローレンスはローランドとディメーンとサイフォにこう言っただけだった。「いますぐ、キャプテンたちを起こしてくれたまえ」

そして、キャプテンたちが居心地の悪い宿営から引きずり出されてくるまで、押し黙って待った。「紳士諸君(ジェントルメン)、わたしは一時的な特命を受けて、今回の作戦の指揮権を授けられた。ここにその命令書がある。曖昧な点はないと信じている」ローレンスは書類の束(たば)を手にしており、その一枚一枚に蠟の封印があり、それぞれのキャプテンの名が記されていた。その命令書の束をサイフォに渡し、配るように命じた。

「またも書類上の手続きときたか。ナポレオンが目と鼻の先にいるっていうのに」

バークリーがつぶやいた。「英国陸軍は実にこの手のことが――」

「バークリー、頼むから、命令書を保管しておいてくれ。どこか安全なところに」

ローレンスがそう言ったとき、バークリーはすでに羊皮紙をくしゃくしゃに丸めようとしていた。ローレンスはさらにつづけた。「この命令書によって、指揮系統が明らかになったことを――万一、将来に査問を受けることがあったとしても、指揮権が明快であることをありがたく思う」キャプテンたちが動きを止めてローレンスのほうを見た。

テメレアは、なにがそんなに重要なのだろうといぶかった。羊皮紙に赤い蠟の封印はなかなか素敵だが、こういうものは望めばいつでもつくれるのではないだろうか。

そして、ローレンスは自分の分を持っていない。

ローレンスは命令書についてそれ以上は触れずにつづけた。「フランスは、略奪隊を組織し、わが英国の農民を苦しめている。フランス軍を養うために必要な品々を、農民から強奪させている。われわれの任務は、その略奪を阻止し、ドラゴンたちに過度な危険を強いることなく最大限に、ナポレオンを利する略奪隊という戦力を弱体化させることにある」

短い沈黙のあと、グランビーが言った。「つまり、ナポレオンの非正規軍を叩けということですね?」

「そういうことだ」ローレンスが答える。

「で、敵の捕虜はどうする? ドラゴンの腹ネットに押しこんで連れ帰るのか?」バークリーが言った。

「情け容赦なき任務の遂行を」ローレンスは、有無を言わせぬ、質問を封じこめる口調で言った。キャプテンたちは沈黙し、互いに言葉を交わすことすらなかった。「明日、ノーサンバーランドからはじめ、南下しつつ作戦を展開する。夜明けに発とう、紳士諸君、以上だ」

キャプテンたちは立ったまま、かなり長いあいだ、半信半疑の表情で、命令書とローレンスを交互に見つめた。しかし最後は、無言のまま、それぞれのテントに戻っていった。

テメレアはその場から動かなかった。なぜローレンスがこの作戦の指揮をとらなければならないのか、理解できなかった。ぼくはすでに指揮権をもっている。ドラゴンが階級を得るのは重要なことだ。ローレンスもそう言っていた。でも、もう我を通すつもりはない。自分が我を通してきたことに、いまは気づいている。ローレンスが望むのなら、彼が指揮権をとればいい。でも……今回のことは、政治的な目で見るなら、すべてのドラゴンの処遇にどんな影響を与えるのだろう？

その点がどうにも気がかりで、ついにおずおずと尋ねてみた。ただし、あわてて付け加えた。「ぼく自身は、そんなに気にしてないよ。あなたが復権し、またキャプテンになったことをうれしく思ってる。ただね、もし大切なことがあるとしたら――」

テメレアはさらにぎゅっと体を丸めた。ほかのドラゴンも体を丸めているが、みなは眠りについている。クルーたちはテントに引きあげていた。ローレンスは、エミリーとディメーンとサイフォを彼のテントで眠らせ、自分は戸外にとどまって、外套に身を包み、小さな簡易テーブルの上に広げた地図をにらんでいた。地図のあちこちに印がつけられている。

「今回の作戦では、きみは指揮をとらないほうがいい。いや、わたし以外の誰もそうしないほうがいい」

ローレンスの声はどこか奇妙だった。抑揚がなく、投げやりな感じすらした。そのうえ地図から目をあげようとしない。テメレアは暗い夜でなければいいのにと思った。暗くなければ、ローレンスの表情がもっとよく見えるのに……。

「いずれにしても」と、ローレンスが付け加えた。「司法機関がきみを正式な司令官として認めるかどうかは、まだ審理されていない。今回の任務では、指揮官であるきみの命令のもとに、ほかのキャプテンたちの生命や軍歴を危険にさらしてほしくはない」

「でも」と、テメレアは言った。「キャプテンたちは、命を危険にさらすものなんじゃないの？」

ローレンスが答えた。「戦うのが戦場でないなら、話は別だ」

テメレアはこれ以上話を先に進めたくなかった。ローレンスは、ぼくのことを怒っているのかもしれない。それをローレンス自身の口から直接聞くのは耐えがたかった。「ねえ、ローレンス」それでも、勇気を振り絞って言った。「説明してもらえないかな。ぼくは……ぼくはあなたにいやな思いをさせたんだよね。なぜって、ぼくがあなたのことをよく理解していなかったから。もうこんなことは二度といやだ。でも、自分がなにをしたのかよくわかってないんだ。だから、どうすることもできない」

ローレンスは今度も目をあげようとしなかった。その瞳が束の間、丘の上に建つエジンバラ城の明かりを映した。「心配しなくていい。わたしに危険はないから」

「みんなが危険なら、あなたも危険だよ。なぜそんなことを言うの?」

「死刑宣告に、二度目はないからさ」ローレンスは言った。「さあ、お休み。朝が来たら、百マイルの飛行が待っている」


「あの男を、とことんいたぶってやりたい」エジンバラ城の塔の一室で、ウェルズリー将軍が言った。将軍は、青い印であふれた地図の上に身を乗り出していた。ローレンスが命令書をキャプテンたちに手渡す少し前のことだった。氷雨が激しく窓を打ち、通路のはるか先から、国王が世話をする召使いに抗う声が聞こえていた。その声がやけに大きく感じられた。

「あやつにとって、兵士は高くつく。フランス兵は、英国兵士の五倍は価値があるだろう。莫大な費用とドラゴンの労力を使って、海を越えて運んでこなければならないのだからな。ただし、運んだあと、兵士らは自力で食糧を調達し、ドラゴンのために家畜を駆り集める。そう、フランス軍は、兵士が田舎の農家から略奪するのを当てにしている。それゆえに補給線が乏しくてもやっていける」

「つまり、略奪するナポレオンの非正規軍をつぶせということですね」遠回しな言い方にうんざりし、ローレンスは途中で口をはさんだ。

「ナポレオン軍の補給線、徴発隊、斥候隊、すべてだ」ウェルズリーが地図を指でこつこつと叩いた。「あやつは、おびただしい数の小規模の略奪隊を、ロンドンの北の田園地帯に放っている。それがなければ、占領は長くもたないだろう。略奪隊は目立つ。見つけしだい、片っ端から叩きつぶせ」

ウェルズリーはさらに付け加えた。「正規軍とは交戦するな。いかなる敵のドラゴン、砲兵隊ともだ。これ以上、こちらのドラゴンを失うわけにはいかない」

やはりそういうことだったのか……。ウェルズリーに呼び出されたときから、ローレンスにはおおよそ察しがついていた。そのため別段驚かず、どんよりとした気分で話を聞いた。冷徹に見るなら、この作戦は理にかなっている。ナポレオンが略奪隊を失いつづけ、本国からの輸送で補充できず、食糧が払底すれば、ナポレオンは時を選ばず、英国側から仕掛けられた戦争に応戦するか、撤退するしかなくなるだろう。

だが一方、文明国間の戦争において、このような非正規軍をつぶす作戦にドラゴンを使うことは許されなかった。ウェルズリーもそれは承知している。もちろん、ローレンスもだ。

実利的観点からだけ言っても、ドラゴンは、危険にさらすには貴重すぎ、配備するにも金がかかりすぎる。マスケット銃を武器として機敏に動きまわる小隊ではなく、大規模な敵の軍団との交戦に投入されるべきものだ。だが、時として例外的な投入が非難されるのは、実利主義ではなく、〝非人道的〟という言葉にあらわされる感情的側面からだった。ふつうの人々にとって、自分たちに向かって放たれるドラゴンほど、恐怖と怒りを掻き立てるものはない。だからこそ、規律を無視してそのような行為におよんだ軍人は、軍事裁判にかけられ、縛り首に処せられてきた。

「あれは卑しい略奪だ」しばらくして、またウェルズリーが言った。「容認するわけにはいかない」

「ご心配なく」と、ローレンスは言った。「――帯同するドラゴンたちを養うための資金以外のことは。ほかになにか？」

ウェルズリーが目を鋭く細めて言った。「請けてくれるのか？」

自分がしてきたことを償うために、自分にできることはほとんどない。これまでローレンスはそう思ってきた。殺された人々の命は取り返せない。イギリス海峡に沈んだ戦列艦は引き揚げられない。侵略軍に生活の糧を奪われた農民の損害を賠償することはできない。損なわれた父や国王の健康を取り戻すことはできない。そして、イーディスの幸福も。

しかし、自分はすでに取り返しのつかない不名誉を背負った、すでに汚れた身だ。あと少しこの身が余計に汚れたからといって、どうということはない。自分を地に落として、まだ汚れていない人たちを守れるのなら、それでいい。

「わたしには命令書を書いてくださらなくてけっこうです」ローレンスはウェルズリーの問いに答えて言った。「ただし、この作戦に関わるほかの航空隊のキャプテンひとりひとりに命令書を求めます。彼らはわたしの命令のもとに動く、それをはっきりさせる命令書を」

ウェルズリーは、将来を見越したローレンスの意図をよく理解していた。こうして命令書が作成され、ローレンスは命令書を受け取り、ウェルズリーを塔に残して、城の通路をひたすら下り、ふもとにある基地へと向かったのだ。

朝が訪れ、静かな野営に陰鬱な空気が漂っていた。ドラゴンたちに竜ハーネスが装着され、クルーが乗りこんだ。ローレンスは、キャサリン・ハーコートが二度かそれ以上、話しかけようとしては思いとどまるのに気づいた。だが結局、それぞれのドラゴンに騎乗し、言葉を交わすことなく空に飛び立った。

顔に吹きつける寒風が心地よかった。テメレアの安定した羽ばたき、そして沈黙。少人数のクルーはテメレアの首の前部にすわり、話しかけてこなかった。広い空にはこの一団しかいない。眼下に波打つように広がる美しい荒れ野は、戦禍とも国境とも無縁だった。

ウェルズリー配下の諜報員からは、十数個かそれ以上の敵の略奪隊が、農場から作物や家畜を奪って、イングランド北部一帯を移動しているという報告が入っていた。ローレンスは略奪隊があらわれた箇所を地図上にピンで印していた。だが敵は、狼煙こそあげなかったが、十マイル先からでもたやすく見つけられる跡を残していた。それは、大きな農家の屋根からゆるゆると立ちのぼる、ひとすじの黒い煙だった。そこへ到着したときには火はあらかた消えて、村落はもぬけの殻だった。が、地上におりて調べると、手織り布の粗末な服を着たふたりの男の死体が道に横たわっていた。兵士ではなく村人で、銃剣で突かれたらしく、腹に血の赤い花が咲いていた。

「ドラゴンがいるから、村人は出てこないでしょうね」ハーコートが言った。「もし、わたしたちが村のはずれまで行けば――」

「いや、その必要はない」ローレンスは言った。そんなことで時間を無駄にしたくなかった。手でメガホンをつくり、声を張りあげた。「われわれは国王に仕える士官だ。すぐに出てくるように。出てこなければ、ドラゴンに家を引き裂かせるぞ」

返事はなく、人の動く気配すらなかった。「テメレア」ローレンスはテメレアに呼びかけ、村の通りの端にある小ぎれいな一軒の家を指差した。「壊したまえ」

テメレアがその家を見やり、心もとなげに尋ねた。「吼えるの?」

「いかようにも」

「いっぺんに壊す?」テメレアが尋ね、首をかしげて家を見やり、また視線をローレンスに戻した――その真意をはかりかねているかのように。「それとも、この煙突からまず取ってみる?」

「もう! じれったいわね」イスキエルカが言い、即座に火を噴いた。たちまち乾いた草葺きの屋根に火がつき、パチパチと音をたてて燃えはじめる。

火はすぐに激しくなり、煙をもうもうとあげ、隣家のほうに赤い舌を伸ばした。

ローレンスはすわって待っていた。ほどなく地下倉庫の扉がきしみながらあいて、数人の男たちが出てきた。「消してくれ。頼む、火を消してくれ!」男のひとりが息も絶えだえに懇願した。「村じゅうに火が燃え移ってしまう――」

「バークリー、頼まれてくれるだろうか」ローレンスは言った。マクシムスが燃えている屋根をつかみ、地面から掻き取った土を、ぞんざいな強打とともに屋根にぶちまけた。屋根は半分地面に埋まった。

ローレンスは村人のほうを振り返った。彼らは青ざめ、冷や汗をかいてローレンスを見つめている。「フランス軍はどちらに行った?」

「スカローヒルに」一拍おいて、先の男より年配の男が震える声で答えた。「家畜はもう最後の一頭まで奪われて――」森のなかから牛の鳴き声がかすかに聞こえ、この証言が嘘だとわかったが、ローレンスは気にしなかった。「やつらが出ていって、一時間とたってません」

「けっこう。諸君、目指すはスカローヒルだ。射撃手、射撃の準備を」ローレンスは肩越しにほかのキャプテンとクルーたちに言った。「空へ戻ろう、テメレア。道沿いに飛んでくれ」

十五分後、敵を発見した。フランス軍兵士たちの歌う流行り(はや)歌が聞こえてきた。「おれの金髪娘のそばでなんていい気分(オプレ・ドゥマ・ブローンド・キル・フェボン)、いい気分(フェボン)、いい気分(フェボン)」敵の一団は木立のなかを通り、また街道に出た。つながれた牛たちが鳴き声をあげ、落ちつきなく首を振った。上空のドラゴンの臭いに気づいたにちがいない。兵士たちが苛立って牛の綱(つな)を引き、急がせようとするが、空を見あげようとはしなかった。

テメレアが首を後ろにめぐらし、ローレンスを見た。テメレアのあとには十頭のドラゴンが飛んでいる。「ミスタ・アレン」ローレンスは呼びかけた。「信号旗を。〝攻撃せよ!〟」

14

「お言葉ですが――」

「あたしたち、悪いことしてるわけじゃないわ」イスキエルカが、夕食のあともずっとかかえこんでいる、焦げた牛の骨を齧りながら言った。「あの兵士たちは、あいつらのドラゴンのために、牛を盗もうとしたんだもん。悪いとしたら、ぐうたらで自分たちで牛を獲(と)りにいかない敵ドラゴンのほうでしょ」

「悪いってわけじゃないんだ」テメレアはすっきりしない気分で言った。「ぜったいに悪いってわけじゃない」

「しかし、正々堂々とは言えんな」ゲンティウスが言った。「あいつらは、大砲ひとつ持っていなかった」

「だけど、あの村にも大砲ひとつなかったのよ。マスケット銃さえも」リリーが言った。「そもそも、あの兵士たちのやったことが正々堂々としていなかった」

「それはともかく」イスキエルカが澄(す)ました顔で言った。「命令には従わなければいけないわ」

テメレアは、このまま議論をつづけようとは思わなかった。この戦いが、いやというわけではなかった。おもしろくもない戦いだったが、ものすごくいやというわけではなかった。空から襲いかかると、敵の兵士らが何発か銃で応戦し、死んでいない者は森に逃げこんだ。五分とつづかなかった。たいした成果もなし。牛は残ったが、そのほとんどを元の持ち主に返さなければならなかった。

もちろん口に出すつもりはないが、イスキエルカの言うことが正しいような気がした。兵士たちは襲われたくなければ、他人の土地に入って、自分たちの口を養う以上の食べ物を奪おうとしなければいいのだ。しかし、それでもまだ不安が消えないのは、こういう戦いこそローレンスの嫌悪するものではないかと思えるからだった。ローレンスがなに食わぬ顔でそれを行っているのはどこか変だ、とテメレアは直観的に感じとっていた。

村人たちは心から感謝した。「春までまだ二か月もある。取り返してもらわなけりゃ、飢え死にするところでした。ありがとうございます」と村長が言い、家を半焼にしたことは不問(ふもん)にされた。隠れていた村人たちが出てきて、取り返された牛や品々を調べて、おどおどと挨拶した。

敵に殺されたり恐怖のパニックで死んだりしなかった牛は、マクシムスの地上クルーの若者数名が村まで追い立てた。グラディウスとカルセドニーも穀物を積んだ二台の大きな荷車を村まで運んだ。村人たちは同じような被害に遭った街道沿いのいくつかの集落に使いを送り、やがてやってきた人々と取り返したものを分け合った。

しかし、ローレンスは人々に感謝されても喜ばなかった。ただうなずき、こう言った。「フランス軍の動きについて見たり聞いたりしたら、知らせてください。煙をあげるか、夜なら焚き火をするか。見つけしだい、駆けつけます」

ゴン・スーが殺された牛を引き取ってロースト・ビーフをつくり、すべてのドラゴンに少しずつ与え、残りの肉と骨と肉汁に野菜と穀物を足して煮こみ料理をつくり、クルーと村にいる人々全員にふるまった。村は祝賀ムードに包まれ、村人が隠しておいた蜂蜜酒を出してくると、さらに盛りあがった。テメレアも蜂蜜酒をコップ一杯分口に注いでもらい、顎をしっかりと閉じて、芳しい香りを味わった。

ローレンスはあまり食べなかった。村の祝宴から離れてテメレアのそばに来たものの、すぐに地図を取り出し、道を調べはじめた。

テメレアは息を深く吸いこむと、ローレンスを見つめ、思いきって切り出した。「ローレンス、ねえ、ローレンス。考えてたんだけどね、ぼくのかぎ爪飾りを売ってくれないかな。すぐじゃなくていいけど。でも、戦争が終わる前に――」

「なぜ?」ローレンスが尋ねた。テメレアの提案には見合わない、かなり素っ気ない反応だった。「あきたのかい?」

「いや、そんな……。あきるわけないよ」テメレアはしばし沈黙した。ローレンスの破産について自分が知っていることがばれないように、どう説明したらいいのかわからない。ローレンスがそれを隠しているのは、きっと心が傷ついているからだ。「なんとなくそう思ったんだ」なんとか話をつづけようと努力した。「だって、あなたはぼくにいろいろしてくれたから、あともう少し財産がほしいんじゃないかと思って」

「財産はいらない」ローレンスが言った。「きみがとっておけばいい。将来必要になるかもしれないからね。申し出には感謝するよ。あれはみごとな品だ」と、最後にかぎ爪飾りを褒めた。テメレアは喜んでいいはずなのに、ますます悲しくなった。一生懸命考えて言葉にしてみたが、結局、自分はなんの役にも立てなかったのだ。ローレンスは、すばらしい宝物を所有することに、少しも心を動かされていないようだった。

あの感謝の言葉も、たんに形式的なものだったのかもしれない……。

テメレアは頭を前足におろし、ローレンスをしばらく見つめた。ランプの明かりのなかに浮かぶローレンスの顔が、どこかいつもとちがっている。ひげを剃っていないのだと気づいた。顎には、わずかに血糊がついている。顔を洗っても、拭いてもいないのだ。頭の後ろでぞんざいに縛った髪が、ずいぶん伸びている。しかし、それでもぜんぜんかまわないのだろう。ローレンスの関心はすべて地図と、地図上の土地に向かっている。

「ぼくにあなたを助けられることはないかな、ローレンス?」テメレアは尋ねた。アイディアも尽き、悲壮感でいっぱいになって。

ローレンスが作業の手を止めた。手にしていた書類から一枚を抜き取り、その上にランプの光をかざした。「この字の大きさで、きみに読めるかい? これは、この地方の去年の納税者名簿だ。フランス軍は、まずは富める者のところへ、裕福な家や村に強奪に行くだろう。だから、それを見つけたい」

「うん、読めるよ」テメレアは言った。目をぐっと細めれば、なんとか読める。「お金持ちから順に拾っていけばいいんだね?」

ローレンスの隊が南下するにつれて、敵の略奪隊はより大きく、より過激になっていった。略奪隊はもはや自分たちと同程度の数のドラゴンの食糧を確保するための小隊ではなく、イングランド中心部に点在する小さな前哨地や野営に駐留する全ドラゴンに対して緊急の支援を行う部隊となっていた。ドラゴンの食糧確保は軍事にとっての要だ。毎日牛を運びこまなければ、ドラゴンたちはすぐに空腹になるし、そうなると、ある程度の数をほかの場所に移さなければならなくなる。より南へ――。フランス本国に送り返すという可能性もあるだろう。

略奪隊一掃作戦が効果を発揮しつつあった。一定量を着実に集める小規模な隊がなくなると、フランス軍兵士らは、ドラゴンどころか自分たちが食べるのさえやっとになった。しかしそれが彼らをいっそう残虐にした。村の集落や農場が容赦なく襲われ、隠している貯蔵品を略奪するために家や倉庫が破壊された。目的すらない無慈悲な破壊もあった。

兵士たちの残忍な衝動は、自分たちが見つけたものなら蹂躙してかまわないという傲慢さに裏打ちされていた。家や生計の糧を守ろうとして抵抗した村人たちは痛めつけられ、しばしば殺された。家を焼かれて飢えを強いられるだけなら、まだましだとさえ言えた。

そんな残虐さに業を煮やした人々が、田舎のあちこちで小さなレジスタンスを立ち上げた。フランス兵をみごと打ち負かしてパブで自慢話に花を咲かせることもあれば、彼らに関する情報を英国軍に伝えることもあった。略奪者らに食糧を隠すのはこれまでどおりだが、農民のなかに激しい憎悪が燃えあがっていた。英国軍のドラゴンが地上に舞いおりても、誰も逃げなくなった。それどころか、自分たちの牛を引いてきて、ドラゴンに食べさせようとした。

毎日どこかで、狼煙があがった。いつもなら人の集落を襲って食べ物を得ているペナイン山脈に棲む小さな野生ドラゴンたちが、食糧の枯渇とテメレアの説得によって、広域の情報を集める仕事を引き受けた。小さなドラゴンたちは一個の狼煙からまた別の狼煙へ、猛スピードで飛びまわった。土地の人々が彼らに羊や山羊を与え、彼らはその見返りとして情報をローレンスのいる野営まで届けた。

野営は毎日少しずつ南へ移動していった。フランス軍の動きについて、当のフランス軍の将軍たちより自分のほうが詳しいのではないかと、ローレンスは思うようになった。毎日、長い報告をジェーンとウェルズリーに書き送った。

カンブリアにいたある夜、小さな青い野生ドラゴンが野営にあわただしく飛びこんできた。野営ではみなが静かにのんびりと過ごしていた。銃剣の手入れをする者や、小さな焚き火のそばでウイスキーの水割りを飲む者がいた。その野生ドラゴンは体つきに似つかわしくない深い声で言った。「フランス軍がこの道をやってくる。大砲がいくつか。ドラゴンは十二頭」

「この野営から離れよう」ローレンスが立ちあがって言い、剣を腰に戻した。「いや、なにも持っていかなくていい。いまは物資より時間のほうが貴重だ。焚き火は燃えたままにしておけ。紳士諸君(ジェントルメン)、上空へ、いますぐに！」きびきびと命じ、ためらう者たちを急(せ)かした。

「でもね、ローレンス」テメレアは、自分の背にのぼってきたローレンスに、声を潜めて言った。「どうして敵とここで戦わないの？　ほんものの戦闘ができるチャンスがやっとめぐってきた。もしかしたら、敵は鷲の軍旗だって持ってるかもしれないし――」

「泥棒と戦って勝ったところで、名誉でもなんでもない」ローレンスがにべもなく言った。ディメーンが差し出す地図を受けとり、ざっと見て言った。「三頭以下のグループに分かれて、別々のルートをとろう。そしてクロスフェルで落ち合うことにする」ローレンスは命令を叫んだ。そして、全員が一斉に空に飛び立った。

その隊はきわめて敏捷に行動するため、追うことも捕らえることも容易ではなかった。あらゆる方向をにらむ千の目をもってしても、その隊を見つけることは不可能だった。三度の追跡はいずれも失敗に終わり、残された焚き火と調理に使ったとおぼしき地面の穴を発見しただけだった。莫大な報奨金が約束されているにもかかわらず、それをあざ笑うかのように、くだんの隊は正体を見せず、焦りと苛立ちがフランス兵をますます凶暴にした。

そして怒りの矛先は、神出鬼没の隊に情報や支援を与えているかもしれない者たち、すなわち、ほとんどの市民に向けられた。ある略奪隊は、襲撃を開始して二週間が過ぎたころ、ホウィック・ホールに恰好の大きな屋敷を見つけ、牛や食糧を奪うばかりか、絵画や高価な皿や大きな銀の燭台までせっせと運び出すに至った。隊の士官たちは地下貯蔵庫から持ち出したワインで酔っ払い、高笑いしていた。

その浮かれ騒ぎに、上空から影が差した。音もなく近づいてきたドラゴンたちだった。大あわてで二十挺ほどのマスケット銃が空に向けられた。彼らの上空で空中停止していたテメレアは、その屋敷に向かって咆吼を放った。屋敷の前面の壁ほぼすべてが、炎を明滅させながらスドンッと滑り落ち、兵士のほぼ半数が瓦礫に埋もれた。建物は束の間、おもちゃのドールハウスさながらに内部のようすをさらけ出し、そこで略奪を働いていたフランス兵たちは茫然と外を見つめた。

そしてつぎの瞬間には、屋根が不平のきしみをあげて忍耐を投げ出した。その大きな屋敷は一気に崩壊した。壁は砕けて煉瓦に戻り、屋根のスレートは騒々しい音をたてながら、土ぼこりをあげる地面に降りそそいだ。牛馬は暴れて逃げ出し、命拾いした兵士らも蜘蛛の子を散らすようにいなくなった。あとに残ったのは、煙でくすぶる屋敷の残骸と、略奪品を山と積んだ荷車だけだった。

フランス兵たちは、屋敷から逃げ出した人々が避難した村も同じように襲撃していた。抵抗した者たちが片っ端から殺され、女や子どもは教会に逃げこんだ。が、教会も盾にはならなかった。兵士たちが教会に踏みこみ、若い娘たちが陵辱され、止めようとした八十歳の教区牧師が殺された。

「逃げたやつらを追いつめるべきです」ひとりの若い空尉候補生が言った。「最後のひとりまで」反対の声はあがらなかった。ローレンスはただただ疲れきっていた。「村の片づけを差配してくれないか。死体はドラゴンたちに埋めさせよう。それからサットン、リトル。ほかのイエロー・リーパーを連れて、あの屋敷から持ち出せるものを全部ここに持ってきてくれ。ここにいる人たちに食糧が必要になる。ええっと、よろしければ、みなさんをクラスターまでお連れしましょうか?」最後は、屋敷と村の生存者たちをまとめている年配の婦人に言った。

「わたしどもにとって、あの屋敷を超える住まいはもう見つからないでしょう」婦人は言った。「なにを持ってきてくださっても感謝しますわ、キャプテン。それでやっていけるでしょう。あの屋敷には連中が見つけられなかったものもまだありますが……」

ほどなくイエロー・リーパーたちが戻ってきた。養うべき口はごくわずかになってしまった、と彼女は言いたかったのだろう。顎を血で汚しているところから見ると腹は満たしたにちがいないが、陰鬱な空気を漂わせて死んだ牛と鹿を運び入れた。

「まだ野営を張るのは待とう。あと少し先まで行きたい」ローレンスは言った。「もう少し先まで行きたい」

と一日、偵察をつづけながら南へ飛んで、敵を襲撃する」

「けっこう」リトルが低い声で言った。「フランス兵どもを震えあがらせてやろうじゃないか。イングランドのいたるところでな」ローレンスの方針に同意を示すつぶやきだった。結局のところ、キャプテンたちがこの任務に耐えているのは、フランス軍が眼前に存在しているからだ。奇襲攻撃にもあわただしい移動にも、もはや疑いの目を向けるキャプテンはいなかった。しかし、リトルの発言を聞いても、ローレンスは達成感を覚えなかった。

「頑張れば、おれももう少し速く飛べると思うな」マクシムスが言った。飛びながらの作戦会議だったので、それはドラゴンたちの耳にも届いていたのだ。

四日後、新たな狼煙に呼び出され、ウラトンの地を荒らしていた新たな略奪隊を粉砕した。白い雪に黒と赤の花を咲かせた死体を残し、戦場からの帰路についていると き、ローレンスは黒い外壁の家々が一軒、また一軒と眼下にあらわれるのを見つけた。なつかしい土地だったが、いたるところで大きな屋敷が焼かれていた。フランス軍の恰好の標的にされたのだ。そういった屋敷の地下庫には大量のワインが眠り、食品庫は冬への備蓄で満たされていたのだろう。

イーディスの実家、ガルマン家の地所は健在だったが、人の気配がなかった。略奪者たちの残していった品々が、中庭に散らばっていた。カーテンやカーペットが引き裂かれて、打ち壊された窓から垂れ、あるいは泥のなかで踏みしだかれていた。厩舎は焼け落ち、イーディスとよく散歩したなつかしい睡蓮の池は、ふくれあがった一頭の馬の死骸が排水を堰き止め、犬たちが馬の尻に食らいついていた。

ウラトンホールの全焼もありえない話ではない、とローレンスは思った。家族が逃げのびていてくれることを祈ったが、覚悟はできており、たとえ恐れることが現実になったとしても、冷ややかな後悔のほかはなにも感じないだろうと考えた。やがて湖の上空に差しかかり、丘の上に建つウラトンホールの屋敷が見えた。無傷だった。窓々に明かりが灯り、幾筋かの煙があがっているが、それは煙突から出ているものだった。屋敷は金色に輝き、周辺で鹿が跳びはねていた。

鹿猟園に舞いおりると、ドラゴンたちはすぐに狩りに出かけた。ローレンスは丘をのぼり、夢を見ているような気分で屋敷を見つめた。夕闇が濃くなり、淡い残光のなかで家の輪郭がぼやけた。「まあ、これはなんという幸運」キャサリン・ハーコートが感嘆をこめてローレンスに言った。

「ちょっと失礼する。長居はしないつもりだ」ローレンスはそう断ると、芝生に踏みこみ、屋敷に近づいた。低い生け垣は美しく刈りこまれ、歩道の雪は払われていた。この屋敷には、人の暮らしと、暮らしの音があった。近づくにつれてそれはいっそう大きくなった。しかし、屋敷の正面の庭園に立ち、ガラス窓越しに蠟燭の明かりに照らされた舞踏室をのぞいたとき、そこに見たのはいつもの光景ではなかった。

舞踏室に人があふれていた。立った者、すわった者、あるいは横たわった者。簡易寝台や野営用ベッドが並んでいる。そこにいるのはみな、農場の季節労働者たち、あるいは村の人々だった。

「ここでなにをしている？ 用があるなら、玄関に行ってくれ」ローレンスは声をかけられ、ぎくりとした。庭師の青年が熊手を持ち、それで襲ってきてもおかしくない険しい顔で立っていた。

「わたしはウィリアム・ローレンスだ。レディ・アレンデールはご在宅だろうか？」

レディ・アレンデールは、防寒用の外套をしっかりと着こんであらわれた。毛織の外套で、毛皮はついていない。「ああ、ローレンス、元気なの？ ひとりで来たの？」

「鹿猟園に野営を張りました。狩りをさせてください」ローレンスは言った。「ドラゴンたちが腹を満たしたら、すぐに立ち去ります。お元気でしたか？　父さんは？」

「まずまずというところね。この激動の世の中を思えば」レディ・アレンデールが言った。「なにが起きているか、お父様に理解できるのはほんのわずかです。そう、あなたが航空隊に復帰したことはご存じですよ」ローレンスの身を案じるように付け加えた。

ローレンスはなにも説明しなかった。いまの任務について、両親に誇れることはなにもない。「被害を受けていないとわかって、うれしく思います」そのあと、ためらったのちに、気になっていたことを口にした。「村の上空を通りました。ガルマン卿とレディ・ガルマンはご健在なのでしょうね」

レディ・アレンデールもためらいを見せた。「ええ。おふたりはこの地におられます」

ローレンスはふたたびためらったのち、コートに手を伸ばし、指輪を取り出した。それは小さな封筒に入れて、さらに小さく折りたたんであった。「わたしが持っているべきではないと思って。とても残念なお知らせなのですが」と、ローレンスは言った。「ミスタ・ウールヴィーが殺害されました。ロンドンでのことです。わたしは、機会があれば、これをイーディスに渡そうと思っていました。もし、彼女のご両親さえよければ――」

「わかったわ。伝えましょう」レディ・アレンデールが、封筒をしっかりとつかみ、沈んだ声で言った。顔がやつれて見えた。

「みごとな死にざまでした」ローレンスは言った。「そんな言い方が許されるならですが。彼はひるむことなく、国王陛下に命を捧げました」

レディ・アレンデールがうなずいた。母と息子は黙って立っていた。雪がまだちらついており、レディ・アレンデールの黒い外套に雪片がひらりと落ちた。「教えてください、これはどういうことか」ついに、ローレンスはこらえきれずに尋ねた。

「ひとりの将校が来て、皇帝からの敬意を伝え、わたしたちには危害を加えないと確約しました」レディ・アレンデールが言った。「フランス軍がここを襲撃することはないということです。これほどいたるところが略奪に遭っているというのに――」

「わかりました」ローレンスは母を押しとどめて言った。「それで理解できました」やはり思っていたとおりだった。自分が国家に反逆してまで遂行したことに、ナポレオンは報いようとしたのだ。

「ここは、避難所として、まだ多くの人を受け入れることができます」しばらくして、レディ・アレンデールが静かな声で言った。「わたしたちの蓄えが狙われることはありません。もし、ここに送りこみたい人がいるなら……」

「馬車をウラトンまで出していただけますか。ウラトンが今朝襲撃を受け、負傷者がいます」

「馬車を出しましょう」レディ・アレンデールが答えた。「今夜は泊まっていけないのかしら?」

ローレンスは折れそうになる心を奮い立たせて、軍帽に触れる挨拶をした。「すみません、あと数時間で飛び立ちます」そう言って一礼すると、母に背を向けた。歩み去るときも、屋敷の明かりは雪のなかで美しく輝いていた。

テメレアは跳ねまわる鹿を狩り、つぎつぎに三頭をたいらげ、楽しんでいた。しかしそんな気分も、ローレンスが青ざめた顔で屋敷から戻り、夕食を辞退するときまでだった。「あの屋敷が焼けてなくて、ほんとうによかったね」テメレアは、出発の準備をはじめたローレンスに言った。しかし内心は不安でいっぱいだった。屋敷でなにかまずいことが起こっていたのだろうか。外からは見えないだけで、実は被害があったのだろうか。

ローレンスが作業の手をとめ、屋敷を振り返った。テメレアも屋敷のほうを見た。屋敷はそれじたいがひとつの宝石のように輝いていた。淡い黄色の石壁がさまざまな形の窓からこぼれる魅惑的で温かな明かりで浮かびあがり、繊細な塔と装飾が完璧な秩序で配されていた。

「もう二度と、ここに戻ることはないだろうな」ローレンスはそう言うと、竜ハーネスをのぼった。「さあ、出発しよう」

もう前とはちがうんだ、とテメレアは思った。ローレンスは変わってしまった。物事がいい方向に進んでいないことが、少しずつわかってきた。何週間も敵を襲撃しているが、報奨金が出るわけでもない。フランス軍兵士らは、盗んだ食糧のほかはなにも持っていない。大砲一門、軍旗一本さえも、誇るべきものはなにも持っていない。しかし、泥棒相手ではない、もっとまっとうな戦いが差し出されているときに、ローレンスはすぐにそこから飛び去って、かたくなに姿を隠そうとする。

どんな戦闘もあっという間に終わった。ペルシティアがイチイの大木を利用して、ブラシのような先端となめらかな幹から成る巨大なほうきをつくり、急降下したあと、それで地面を一掃するというやり方を考えついた。こんな便利なものはなかった。十数名の兵士を一気になぎ払うことができたし、マスケット銃の弾をよける盾にもなった。これを使えば、身を危険にさらさずにすむ。

ただし厄介なのは、兵士らを四散させないようにすることだった。すぐに逃げる小さなものを追いかけるのは、あまりいい気分になれない。メッソリアは、どうせやつらはまたすぐに集まって盗みをはじめると言うのだが、それでもいい気分にはなれない。誰がなんと言おうと、これは自分が求めているような戦いではない、とテメレアは思った。

「ほかの英国軍はいったいどこにいるのやら！　ともあれ、あなたがたは仏兵(カエル)どもを懲(こ)らしめてくださっている」意気軒昂(いきけんこう)な年配の紳士が、勢いづいて杖(つえ)で地面を突きながら言った。ダービーシアのとある村のはずれで、フランス軍の略奪隊を阻止したときのことだった。村の子どもたちが連れだってドラゴンたちを見物に訪れ、年上の少年の何人かは、大胆にもドラゴンに触れようと走り寄ってきた。ひとりの少年がテメレアの前足に手をかけ、大きな眼を見あげた。テメレアは少年に興味をもち、ちらりと見おろし、声をかけた。「やあ、こんにちは」

少年はたちまち逃げ去った。「中国の子どもたちのほうが勇敢だね」テメレアはローレンスに言った。「でも、少しいい感じに変わってきたからうれしいよ。ぼくらに会いにきてくれるなんて。これってぼくらが雄々しく戦っているからじゃないかな」ほんとうにそうだろうかと思いつつも、付け加えた。心が躍る戦いをしていないかもしれないが、これが政府の望む戦いであればせめてもではないだろうか。

「親はあの子たちを外に出さないように、しっかり監督しているべきだな」ローレンスはあっさりと片づけた。「わたしといっしょに地図を見てくれないか？」

そうしたからと言って、ローレンスが幸せになるわけではないことが、テメレアにはわかっていた。どうして、ローレンスは自分自身が認められない戦い方に固執するのだろうか、と心のなかで思う。ウラトン・ホールを見て以来、その方針がよりいっそう固まったように思えてならない。

「この地方の天気も食べ物も、健康によくない」料理人のゴン・スーが言った。「こんな偏りのある食事してたら、みんな体の調子よくならない」

「でも、いまは戦争をしてるんだから、食べるものはそんなに選べないよ。天気はぼくらにはどうすることもできないし」テメレアは言った。

「ひどすぎる」ディメーンがぼそりと言った。彼は英国に来て最初の冬をまったく楽しんでいなかった。しょっちゅう風邪を引き、袖口で洟をぬぐっていた。サイフォは風邪を引いていないか、あるいは兄のような癖を身に付けていなかった。兄の見つけてくる服をいつもありったけ着こみ、いまはシャツ三枚、毛織の胴着、上着二枚に、海軍用外套にマントをはおり、焚き火のそばからほとんど離れようとしない。

エミリー・ローランドが焚き火のそばに膝をかかえてうずくまり、「こんなの正しくない」とつぶやいた。「やめろと言いたいんじゃない。でも、戦ったら、降服させて捕虜にすりゃいいのよ。そりゃあ、捕虜にしてどうすればいいかはわからないけど……。ああ、母さんがここにいてくれたらいいのに」最後に心細そうに付け足した。

ほかのキャプテンの多くも、不満をいだいていた。翌日、テメレアは、グランビーが低い声でローレンスに話しかけるのを聞いた。それに応えてローレンスが言った。

「キャプテン・グランビー、いつでも、きみのお望みどおりに別の部署に移ってくれたまえ。己れの意思に反してまで、この任務をつづける必要はない」

「そんなつもりで言ったんじゃありませんよ、ローレンス」グランビーはそう言って、歩み去った。
「もちろん、グランビーは幸せじゃないわ」グランビーとの一件についてテメレアが尋ねたところ、イスキエルカがあくびをしながら言った。「あたしも幸せじゃない。だって、すごく退屈だし、宝物は手に入らないし。でも、兵隊を運んだり、パトロールしたりするよりはまし。少なくとも、大事なことをやってるんだもん。それにこれは命令よ。命令に疑問を持ってはいけないわ」イスキエルカにそう言われたことに、テメレアはむっとして冠翼を逆立てた。

フランス軍が近づいてくると聞けば、農夫たちは牛を殺し、穀物に毒をまくようになった。村人たちで自警団を組織し、武器を手にして、眠りについた兵士たちを襲った。食糧調達の使命を負ったフランス軍部隊は、しだいに手ぶらで野営に戻ることが多くなった。そして、そういった野営地の愚かな司令官が、追いつめられて、致命的なミスを犯した。これこそローレンスが待っていたものだった。つまり、それぞれのドラゴンにみずからの食糧調達をまかせたのだ。野営地の周囲の農場はすでに食い尽くされており、ドラゴンたちはばらばらになって、さらに遠くへ向かった。

「全部で九頭。二頭は大きな灰色のやつ。残りはもっと小さい。そのうち三頭はおれよりちょっと大きいかな」小型ドラゴンの偵察係が知らせてきた。「大きなやつらは南へ、残りのやつらは北北東の、赤い尖塔のある町に向かった」

ローレンスはうなずいた。ゴン・スーがウサギを混ぜた羊のシチューを省察係の野生ドラゴンに与えた。田舎では肉がますます稀少になっており、小さなドラゴンはむさぼり食った。

「七頭のドラゴンなら、ぼくたち勝てるね」テメレアが言った。興奮ですでに冠翼が逆立ち、しっぽがぴくぴくと震えている。

「その七頭と戦うつもりはない」ローレンスは言った。「われわれが追うのは、二頭のプティ・シュヴァリエ〔小騎士〕のほうだ」さっと地図を広げ、全員に示した。敵の野営の三マイル南に乳製品製造所を持つ大きな農場があった。

ローレンスの一行は高度を上げ、雲にまぎれて飛び、その農場の真上に来たところで姿をあらわした。二頭のプティ・シュヴァリエは、まだその農場にいた。数日間はなにも食べていなかったにちがいなく、脇目もふらずに獲物に食らいついていた。すでに骨だけになった二頭の牛の死骸がそばにあり、三頭目に取りかかっている。二頭のクルーたちも地上におりて、同じ貪欲さで、乳製品製造所を漁っていた。

「あれは乳牛なのに……」ディメーンが、ドラゴンたちの食事を見おろし、くやしそうにつぶやいた。ディメーンの故郷の村は牧畜を営み、牛をとても大切に扱っていた。

「〝攻撃〟の信号旗を!」ローレンスの命令一下、テメレアは仲間を率いて吼えながら急降下した。プティ・シュヴァリエたちがあわてふためき、とっさに飛び立とうとする。が、一頭はマクシムスの全体重をその背中に受けて、うめきながら地面に叩きつけられ、ボキリと骨の折れる音とともに静かになった。

衝突のショックで眩暈を起こしたマクシムスが、よろめきながら立ちあがり、頭を振った。雌のプティ・シュヴァリエはぴくりとも動かなかった。そのキャプテンが半狂乱になって、雌ドラゴンの名を叫びながら牧草地を走ってくる。

もう一頭のプティ・シュヴァリエはなんとか空に飛び立ち、マクシムスの離れ業をまねようとしたカルセドニーの真剣な、しかしあまりにも無謀な体当たりを受けて、このイエロー・リーパーを肩で弾き飛ばした。そこへイスキエルカが猛々しい喊声をあげて突っこみ、プティ・シュヴァリエの翼と首に火焔を浴びせた。

「わっ!」かろうじて火焔から逃れたカルセドニーが叫んだ。「おれまで焼くなよ!」

「じゃあ、すっこんでな!」イスキエルカが振り返って叫んだ。すでに悲鳴をあげて逃げ出したプティ・シュヴァリエを追っている。プティ・シュヴァリエは、表皮と翼のやわらかな膜をイスキエルカの炎で黒く焦がしていたが、なんとか引き返して地上に取り残されたキャプテンを回収するチャンスを狙っていた。たとえ怪我を負っても、自分の担い手を見捨てることなど考えられないのだ。

「降服(ジュ・ム・ラン)する!」そのキャプテンが地上でメガホンを使い、白いハンカチーフを激しく振りながら叫んでいた。「降服(ジュ・ム・ラン)する!」

キャプテンの降服が、そのプティ・シュヴァリエにとっては唯一残された希望であるはずだった。リリーが近づいてきた。テメレアは上空で空中停止(ホバリング)し、イエロー・リーパーたちは菱形(ひしがた)の陣形をつくり、攻撃の態勢をとった。

ローレンスはしばらく動かなかった。大きなドラゴンを捕虜にした場合の扱いづらさについて考えていた。が、意を決して、声をあげた。「ミスタ・アレン、キャプテン・バークリーに信号を――〝捕虜をまかせる〟。テメレア、あのドラゴンに、その木立のそばに着地するよう言ってくれ。キャプテンとは離れているようにと」

そのドラゴンが地上に舞いおりたとき、フランス軍のほかの兵士らは乳製品製造所のなかか、あるいはその先の森に逃げこんでいた。死んだドラゴンのクルーが、子どものように泣きじゃくるキャプテンを引きずるように連れていく。彼らの惨めさと憎しみに満ちた顔が、一瞬自分のほうを見あげたのにローレンスは気づいた。

捕虜となったキャプテンは縛られるままになり、おとなしくマクシムスの背に乗った。彼の担うプティ・シュヴァリエが心配そうに彼の名を呼んでいた。「出発できるか、バークリー？」ローレンスは尋ねた。

「ちょっと気分が悪い」と、マクシムスが言い、鼻先で自分の胸部に触れた。バークリーのチームの竜医、ゲイターが、すぐにマクシムスの太い肋骨の触診をはじめ、一本ずつ念入りに調べた。

「ひびは入っていないようだな」ゲイターが言った。「数日ほど休めば――」

バークリーが鼻を鳴らした。「きついな。スコットランドで保養しているんじゃないからな。やつらが大挙しておれたちを追いかけてくるぞ」

「いや」ローレンスは冷ややかに言った。「そうはならない。あいつらにはもう、そんな余力はない」

その朝、偵察を担当している小さなドラゴンたちから最新情報が届いた。それによれば、フランスの大型ドラゴンたちは、ロンドンに向かって撤退をはじめたということだった。飢えを満たすためには、フランスの支配がより浸透した地域に戻らざるをえず、彼らを追って、比較的重量のある中型の戦闘ドラゴンたちも南下をはじめていた。

日に日にドラゴンの数は減り、前哨地にはもはや小さな伝令竜しか残っていなかった。したがって、フランス軍の歩兵隊は、危険を避けようとすれば、活動を控えて野営地内にとどまっているしかなく、これでは飢える一方だった。砲兵隊を引き連れて大きな部隊が出ていったが、全員に行きわたるような収獲は得られず、すぐに略奪のための小部隊に分かれた。そうなると、あとはやりたい放題だった。

フランス軍の部隊を示す青いピンが、ローレンスの地図上で、毎日、野営地の周囲を行ったり来たりした。ピンは一本、また一本と引き抜かれて、もとの缶におさめられた。ローレンスは、いつもたんたんと、両手についた血糊を洗面器の水で洗った。自分やるべきことは決まっており、なにも考えなくてすむことをありがたく思った。自分たちの食糧調達はうまくいっていた。村か町の近くにおりれば、ドラゴンとクルーに肉がふるまわれた。牛、豚、羊……。人々は自分たちが腹をすかせることになっても、ローレンスの一行に食糧を提供した。

時折り、前よりもはるか南で編成されたフランス軍の部隊から追跡を受けた。しかし、情報がいち早く伝わるために、敵が襲来する前にわずかに移動し、ドラゴンたちを休ませているだけでよかった。この地域の野生ドラゴンの一群が、そのあいだの見張りを引き受けてくれた。

フランス軍の略奪隊を片っ端からつぶしつづけて、およそ二か月が過ぎた。三月の最初の週に、アルカディがサルカイを乗せ、野生ドラゴン三頭を引き連れて、騒々しくやってきた。アルカディは到着するや、ドラゴンの仲間たちの前を闊歩しながら、離れていたあいだの自分の冒険譚を語りはじめた。仲間といっしょにパトロール飛行に出たこと、アルカディによればだが、フランスのドラゴンの大群と戦って多くの報奨金を獲得したことを自慢し、いまはこうして仲間を助けにきたのだと締めくくった。テメレアは苛立って冠翼を逆立てた。

「ウェルズリーからあなたへの封書をあずかっています」サルカイが、建物のなかに入りながらローレンスに言った。そこは、一行がひと晩の隠れ家とした小屋だった。

部屋のなかには、戸板を使った間に合わせのテーブルがあり、あのおなじみの地図が広げてあった。

サルカイは戸口に立ち、ローレンスが封書をあけるあいだ、外を眺めていた。妙に静かだった。捕虜となったフランス軍のキャプテンが一名、打ちひしがれて小屋の外の杭にゆるく縛られ、グランビーのチームの腹側乗組員(ベルマン)二名が見張りについている。ドラゴンが地上の敵を一掃するのに使う〝殺戮(さつりく)のほうき〟が、野営の端に積みあげられ、裸の枝が血糊でいっそう黒々として、まるで木々の屍(しかばね)のようだった。誰もが粛々(しゅくしゅく)と各自の作業を進めており、不平もないが、満足の声もない。その日の朝も敵を襲い、五十人の兵士を殺していた。

ウェルズリーの命令書にさしたる変化はなく、今後はとりわけ東海岸に向けてさらなる奮闘をつづけるようにと指示されていた。もちろん、その奮闘がなんであるかについて言及(げんきゅう)するのは注意深く避けられている。すべてが明言されないまま終わり、最後にこう付け加えてあった。〝このよくしゃべるうるさいドラゴンとその仲間をそちらに送ろう。おそらく、きみのほうが、こいつらをうまく使えるだろうから〟

「けっこう、承知した」ローレンスはそう言い、手紙を脇に置いた。北海沿岸の地図を広げ、作戦を練りはじめる。先週は、スティックニー近くで略奪があった。また、クロマーに近い敵の野営地は、フルール・ド・ニュイ〔夜の花〕がイギリス海峡を渡って新たな兵士を送りこんできた場所のひとつと見なされていた。

「週に二度は、略奪隊がここから送り出されているにちがいない」ローレンスはサルカイに言った。「きみとバークリーでこの敵の野営に向かってくれ。わたしたち残りは、スティックニーにあらわれたやつらのあとを追う。敵の野営に近づいて周辺をめぐれば、すぐに略奪隊を見つけられるだろう。たいていは五十名もいない小隊だ。バークリーが前面から近づき、きみが後ろで退路を断って――」

「お言葉ですが――」サルカイが言った。「できればお断りしたいのです」

ローレンスは一瞬、言葉を失い、両手が地図の上で動きを止めた。

「アルカディはきっと承知するでしょう」サルカイが言った。「しかし、キャプテンはわたし以外の誰かにしてください。わたしには、一時的にせよ、文明人の仮面をはずせるような余裕はありません」そこには皮肉の棘が含まれていた。「皆様よりいささか用心が必要なのです。いっときの凶行は、紳士にとっては許容されるもの、称賛さえ受けるものなのかもしれない。しかし、わたしが同じことをすれば〝野蛮〟という永遠の烙印を捺されることになる。ローレンス、あなたは、いったいなにをしているのですか?」

その問いかけにはいかようにも答えられそうだった。いくつもの答えがローレンスのなかに浮かんでは消えた。が、最後にひとつだけ残った。「兵士たちを殺しているやっとのことで、それが口から出た。「その多くは飢えた兵士たちだ。飢えが彼らを凶暴にしている。そして、彼らが凶暴であることが、わたしたちにとって都合のよい言い訳になっている」

最初からそれが真実だった。真実にいまようやく声が与えられた。自分の舌はなんとおぞましい味がすることか……。ローレンスは椅子にどさりと腰かけた。口を片手でふさぎ、顔が濡れているのに気づいた。しばらくは嗚咽をこらえるだけで精いっぱいだった。そしてやっと、しわがれた声でサルカイに尋ねた。「それで、きみはいったいどうする?」

いまどうするかではなく、漠然と未来を問うような質問になった。しかし、サルカイはそうはとらえなかったようだ。彼らしく、ほとんど片手の動きだけで、ごく控えめに肩をすくめてみせた。「世界のどこに行こうが、仕事はあるものですよ。そして、人生は短い」

「きみが決めればいい」ローレンスは言った。「きみ自身の良心に勝る権威はないのだから」

「決断をうながす権威はいくらでも選べますよ」サルカイは言った。「どんな行動であろうが、それを後押しする権威は見つかります。ただし、わたしは、自分の決断については、もう少し自分に厳しくありたいのです」

そうすることで人が行きつく先は、ローレンスにとっては想像しうるかぎり、もっともみじめで孤独な人生だった。人と相容れることなく、そればかりか、さげすまれもするだろう。「きみはどうして耐えられる？ そのような決断に、その結果として訪れる孤独に……」

「孤独にはよい面もあります」サルカイは静かに言った。「わたしはこの世界にあふれる罪を背負って生きていこうとは思いません。それでも、自分の罪については責任を負いたいのです」

ローレンスは両手で顔を覆い、両目をぎゅっと閉じた。藁と、いまはもういない馬……厩舎の屋根裏の匂いがした。生きものの温もりを感じさせる匂いだった。外からは硫黄のようなドラゴンの匂いも漂ってくる。焚き火の煙、アルカディの自画自賛のおしゃべり、そこに時折り入りこむテメレアの深くよく響く声。

「けっこう、承知した」ローレンスはそう言って外に出た。命令書はテーブルの上に置きっぱなしになっていた。

15　決戦の日

「テメレア、わたしを許してくれ」ローレンスの声がした。テメレアは夜の眠りに入ろうと、心地よく体を丸めていた。そこは小屋の後ろに広がるよく耕された畑で、休閑期だったが、雪の下にはやわらかな乾いた草がたっぷりとあった。ローレンスとテメレアのほかはほとんど誰もいなかった。

ディメーン、サイフォ、エミリー、アレンの四人は、テメレアの腰のあたりに、テントと杭で差し掛け小屋をつくり、そこで早々と眠りについていた。テメレアに寄り添うように小屋をつくると、テントひとつよりも暖かく眠れるのだ。アルカディはやっと物語を切りあげ、イスキエルカの熱の恩恵にあずかろうと、彼女のほうへにじり寄っていた。テメレアはそのようすを眺めてフンと鼻を鳴らし、差し掛け小屋にしっぽを巻きつけ、小屋から湿気が飛んで、いっそう暖かくなるように気遣った。

ローレンスがどうして謝罪しているのか、すぐには理解できなかった。ローレンスが少しずつ話しはじめる。「許してくれ。わたしは間違ったことを自分に強いていた。それを同じようにきみにも強いていた。許されないことをした」

「でも、ローレンス」テメレアは、喜びと同時に、とまどいを感じつつ言った。「ぼくにも責任がある。そもそも、薬キノコを持ってフランスに行くべきだと言い出したのは、ぼくだったんだからね。ぼくは、それがあなたの地位も財産も奪ってしまうなんて知らなかったんだ。だから、あなたに申し訳なくて――」

「申し訳ないなんて言わないでくれ」ローレンスが言った。「わたしは地位も財産も惜しいとは思っていないんだ。もっとたくさん手放してもよかったくらいだ。たいしたことじゃないさ――それで自分の良心を守れるのなら。ほかの考え方もあるのに、それを選びとれなかったことを、わたしは恥じている」

テメレアは、この件について議論したくなかった。ローレンスが――いまもやつれて悲しそうな顔をしているけれど――ローレンスらしい言葉を取り戻してくれた、それで充分だった。それでも心ひそかに、良心というものがそこまで高価でありながら、ほれぼれと眺めたり仲間に自慢したりできるような実体がないことを残念に思った。

「でもね」と、テメレアは胸を張って言った。「ぼくは本気だったんだよ、ローレンス。ぼくのかぎ爪飾りをあなたが売って、あなた自身の服かなにかを新調してくれたらよかったんだ。ぼくの良心にかけて、それははっきり言っておきたいな」

ローレンスがおもしろがるような雰囲気を少しだけ漂わせて言った。「自分の着るものにろくに気遣っていなかったことを申し訳なく思うよ――わたしの窮乏(きゅうぼう)によって、きみに情けない思いをさせていたとしたら。しかしまあ、すっからかんというわけでもないんだ」やさしい声になり、付け加えた。「残念ながら、これ以上たくさんのドラゴン舎は建ててあげられない。でも、きみに面目ない思いをさせないように心がけよう」

「そんな、そんな、面目ないなんてことないよ」テメレアは言い、ローレンスを鼻で小突いた。

ローレンスがテメレアの鼻面を撫(な)でた。「わたしたちがこれからどうなるにせよ、まずは謝罪しなければならないな。ウェルズリーに手紙を書こう。どう書けばよいのかわからないが、とにかく、こんなやり方はつづけられないと伝えよう。降服者に慈悲を示せないような殺戮はもうごめんだ。これからは、降服者を捕虜にして、わたしたちでなんとかやっていこう。大砲を備えてドラゴンを帯同した部隊と戦おう。いままでのように、そんな隊を見つけたら、こそこそ逃げるのではなくて」

テメレアは、ローレンスが苦悩を吐き出すまで、どんなに彼が苦しんでいたかを知らなかった。しかしいま、ローレンスの告白を聞いて、むしろ気持ちは浮き立ってきた。「あなたがそう言うのを聞いて、ぼくはものすごく幸せだ」そして、さらに言った。「きっといっぱい報奨金も手に入るよ」言ったそばから、どんなに勇ましく言ったところで、なんの説得力もないだろうと思えてきた。

「そうかな、むしろ」と、ローレンスは言った。「ウェルズリーは、すぐに戻ってこい、そして、絞首刑になれ、と命令するだろうな」

「そんなことを命令されても、行っちゃだめだよ」憤ったテメレアの冠翼が扇のように開いた。

「うむ」ローレンスはしばらくして言った。「行くつもりはない」

謹啓

われわれの隊の方針を変更することについて、あなたに許しを請わなければなりません。わたしは、あなたが人道的見地をもって、この変更に反対なさらないことを望みます。確かに、この変更によって不都合も危険も増すことでしょう。しかし、現在わたしの指揮下にある、国王陛下の軍人およびドラゴンたちは喜んでこの変更を受け入れ、良心はもとより、その身を差し出すことを選んでくれました——

手紙はこんなふうに書かれていた。苦労して書きあげたものをガーニがウェルズリー将軍のもとへ届けにいった。新しい野営をノース・シートンとニュービギン＝バイ・ザ・シーの中間に定めて、地元の人々の助けを得て柵囲いをつくった。「これで捕虜たちのすてきな蜜つぼができあがる」サットンが、ドラゴンたちがきびきびと樹木を引っこ抜くようすを見ながら言った。ただし、この柵を守るための大砲はまだない。

「敵はここまでたどり着くのに時間と労力をたっぷり使うことになる。フランスから海峡を越えて新たな軍団を運んでくるのと変わらないくらいに」ローレンスは言った。今回の件に関して、隊の誰からも異論は出なかった。仲間の軍人やドラゴンたちが方針の変化にどんなに安堵しているかを見るにつけ、ローレンスは大いに自分を恥じた。そして、ウェルズリーからの返信を日々待った。この隊の指揮官を解任される日を待ち望んでいたが、その日が来て、もしウェルズリーがほかの指揮官をこの作戦に当てると宣言したら、仲間のキャプテンたちにどう言ったものかと考えた。

しかし、返事は来なかった。そして三日後、けたたましい騒ぎが野営で起こった。近隣の野生ドラゴンたちが新しい情報をもって押しかけてきたのだ。彼らのかまびすしいおしゃべりがひとつの結論にまとまるより早く、英国航空隊の大型ドラゴンたちが野営地に飛来した。いたるところに舞いおりるドラゴンたちは、みな兵士を乗せていた。つぎからつぎへとドラゴンの一団が訪れ、軍需(ぐんじゅ)物資や大砲をおろし、挨拶もそこそこにまたあわただしく飛び立っていった。その上空をさらに多くのドラゴンたちが通り過ぎていった。いよいよ英国陸軍が動きはじめたのだ。

正午を少し回ったころ、ウェルズリー将軍が到着し、これまでクルーたちが寝泊まりしていた、半ば打ち捨てられた納屋を接収し、指令本部を置いた。「全員外に出てくれ。きみだけ残れ」ウェルズリーは冷ややかなまなざしでローレンスを指名すると、ほかのクルーや自分の副官たちを、顎をしゃくって外に追いやった。そして、完全にふたりきりになったところを見計らって言った。「小賢(こざか)しいまねをしてくれたものだな、ローレンス。きみは、そう単純な愚か者でもなかったというわけか」

ローレンスは事情が呑みこめず、ただ黙っていた。ウェルズリーがさらに言う。

「わたしの周囲の誰がきみに情報を洩らしたのか、わざわざ問い詰める手間は省きたい。しかし、わたしの言いたいことはわかるな？　もし、きみが厚かましくもわたしの時間を使って、このわたしを脅迫するなどという気を起こすなら、きみを即刻、ここで撃ち殺してやる」


ローレンスはようやく事の次第を理解した。ウェルズリーは、あの手紙が南への進軍がはじまる、まさにその直前を狙って送りつけられたと勘違いしている。つまり、フランス軍の非正規部隊に対する殺戮行為の責任がすべてウェルズリーにあることを、あの手紙によって確証しようとローレンスが画策した、と彼は思いこんでいるのだ。

「きみの弁解も謝罪もいっさい受けつけない」ウェルズリーが言った。「ひと言たりともだ。あと三日で、われわれはナポレオン軍と戦うことになる。戦いに勝てば、きみが目論んでいる告発などは、すべて不問になる。そしてもちろん――」怜悧なまなざしとともに付け加えた。「戦いに負ければ、きみも手篤い処遇を受けることになると覚悟したまえ。ローリー！」副官に叫んだ。「ここにわたしの机を置け。参謀を集めてくれ」

将校たちがぞくぞくと入室し、テーブルと地図と椅子に殺到し、ウェルズリーの周囲に群がった。ローレンスは押しのけられるように将軍から離れたが、どんな言葉を返したとしても、この騒がしさのなかでは届かなかっただろう。

それでも人混みを掻き分け、ウェルズリーを捕まえて、話をつけたい衝動に駆られた。が、自分を抑えた。たいしたことではない。ウェルズリーの見立てはあながちはずれてもいないだろう。どのみち、くだんの任務に手を染めたことによって、また、それを続行するのを拒んだことによって、自分は彼からすでに軍人のくずと見なされている。もちろん、自分はそうされるに値することをしてきた。ひとつぐらい間違った誹謗(ひぼう)を受けようが、反論するよりはすべてを呑みこんでしまったほうがいい。

将軍たちに背を向け、エミリー・ローランドを手招きし、建物のなかに呼び寄せた。エミリーは、ドアの隙間(すきま)からなかのようすをおっかなびっくりでうかがっていたところだった。「ディメーンと上に行って、納屋の二階の戸を全開にしてくれ。テメレアや仲間のドラゴンたちにも、なかの話が聞こえるように」

ローレンスは外に出た。すでに多くの木々が引き抜かれ、通路が拡張されていたにもかかわらず、そこはどうしようもないほど窮屈になっていた。兵士をおろしたドラゴンたちが納屋のそばに押し寄せていたからだ。

エクシディウムがシューッと警告の声をあげて場所をあけさせてから着地し、その背からおりてきたジェーン・ローランドが言った。「これじゃあ、どうしようもないわね。空尉以上のドラゴンだけを残すことにして。ほかはここから離れて、陸軍と同じ場所に行きなさい。知りたいことは、あなたたちの上官かキャプテンから聞いて。そうよ、結局、全ドラゴンに階級を与えなければならなくなったの――テメレアのみごとなたくらみのおかげでね」ジェーンは最後に皮肉をちくりときかせてローレンスに言った。「階級のないドラゴンたちがしおれるやら、すねるやら、自分も肩章がほしいとうるさくって。ドラゴンって、なんて浮わついた生きものかしら」そう言って、エクシディウムをやさしく叩いた。エクシディウムもすました顔で、その大きな翼の先端と同じオレンジ色の肩章をふたつ身に付けていた。

ローレンスはジェーンとともにその場をおさめ、作戦会議に間に合うように人であふれた納屋に戻った。ウェルズリーの副官がチャタム近辺の地図を広げた。そこはテムズ川がイギリス海峡に注ぎこむ河口で、小さな村や町が点在している。すでに英国軍の陣地が地図上に印(しる)され、それについて低いささやきが交わされていた。つまり、英国軍の陣地の背後が海だということについて。

「そういうことだ、諸君。わが友ナポレオンと同じくらい、諸君もこの布陣を気に入ってくれるよう望んでいる」ウェルズリーが言った。「わが英国海軍と航空隊の働きによって、ナポレオンは目下、大陸とのつながりをほぼ断たれた状態にある。各地で在郷軍が奮闘している。補給線のないナポレオン軍は、一日につき百名の兵士、一週間につき二頭のドラゴンを失いつづけている。もはや、あの男は、われわれとの決戦を拒みようがないだろう。われわれはただ、あの男が妥当だと考えるであろう条件を差し出してやればよいのだ」

妥当だと考えるであろう条件——もちろん、それはフランス側にとっての好条件という意味だ。ウェルズリーはこんな采配を振り、つまり、背後は海で、フランス軍のなかを突き抜けるしか退路がないという布陣を敷いて、兵士らを震えあがらせてしまうのではないだろうか。ローレンスはそれを危ぶんだ。

「フェザストン大佐とブリー大佐に、中央をまかせる。ここが要(かなめ)だ。合図を出すまで敵からの攻撃に耐えてくれ」ウェルズリーが言った。「機が熟すまでは、ナポレオンの好きにやらせよう。あやつは英国軍を引き裂きにくるだろう。手間をかけてつぶしにかかるだろう。しかし、いかなる状況においても、きみたちが前進する必要はない。陣を崩さず、ひたすら耐えてくれ。レスロー大佐、きみの隊は大砲でこれを掩護してほしい」

ウェルズリーはさらにつづけた。「騎兵隊は左右それぞれの翼につく。残る歩兵隊は、ここ、そしてここ」と、指差していく。「航空隊は、わが英国陸軍中央への空からの攻撃を防いでくれ。ここでわれわれに必要なのは、そう、すでにお察しと思うが」一拍おいて、ウェルズリーは言った。「持ちこたえることだ。敵はここで戦力の大半を使い果たし、やがて攻撃をほかへ転じようとする。そのとき、合図を出す。その合図が聞こえたら、左右の翼とともに徐々に引いてくれ——」

二名の副官が新たな地図を取り出した。果敢に守り抜いていた中央をフランス軍に譲った新たな布陣が印されている。「——そして、やつを切り離す。空の掩護からも、後ろに控えたいかなる援軍からも。そのとき、われわれは、やつの後方から攻撃を仕掛ける。

パジェット将軍、きみの仕事は、ナポレオンをわれわれが包囲する円のなかに確実に封じこめておくことだ。オレン将軍、きみの砲兵隊はナポレオンの本隊ではなく、やつの予備軍に狙いを定めてくれ。予備軍が本隊に合流するのを防いでほしい。諸君、われわれの狙いは、敵の暴君を生け捕りにして、この終わりなき戦争に終止符を打つことにある。それ以外のいかなる結果にも、わたしは満足しない。わたしのこの戦略は、海軍省委員会の賛同をすでに得ていることもお伝えしておこう」

どこか不穏な空気をかもしだす、この作戦計画の全貌をきびきびと語り終えると、ウェルズリーは会議の終了を宣言した。「フェザストン大佐、きみに話がある」ウェルズリーがフェザストンを引きとめると、ほかの参謀将校の多くも足を止めた。みながみな、まだウェルズリーと話したがっていた。

ローレンスは外に出て、テメレアのほうに向かった。テメレアは少しあきらめたような顔で運搬用ハーネスの装着を受けていた。「ぼくらは、この隊を運ぶことになったよ」ローレンスが近づくと、テメレアは言った。「――というか、彼がぼくにそう言ってる」歩兵隊の将校がローレンスにうなずき、やや緊張気味に軍帽に触れる敬礼をした。

「承知した」ローレンスはそう答え、まとわりつく疑念を払拭しようと努めた。兵力を分散させること、ナポレオンに陣の中央を譲って、ナポレオンとその援軍のあいだに戦力を投じること、それによって両側から敵の猛攻を受けること——そのすべてに大きな危険が伴った。ナポレオンを捕まえやすい陣形は、当然ながら、フランス軍に撃破される可能性の高い陣形でもある。

しかし、ウェルズリーはけっして愚かな軍人ではない。彼が自分の計画の弱点や危険を克服できると考えているのなら、それなりの根拠があるにちがいない。確かに、ウェルズリーは将校たちからの質問をはぐらかそうと骨を折っていた。だが、ウェルズリーに抵抗すること——戦闘の直前まで会議を引き延ばし、彼を閣僚たちと衝突させてきた抵抗を繰り返すこと——にはいまやなんの意味もない、とローレンスは考えていた。いまは指揮官を信用するほかはない。

テメレアの興奮は、まるで痛みのように体を使って主張した。冠翼を寝かせ、首にぴったりと添える努力をつづけていないと、ほんの数分でそれは扇のように開いてしまった。短い時間でも体を休めておこうと、何度か体を丸めてみたが、眠気はいっこうに訪れなかった。もう、あのみじめな襲撃はない、隠れることもない、運搬しなくてもよい。今度こそ、とうとう、本物の戦いと呼べる戦いがはじまる。

この海岸沿いには英国軍の陣地がいくつかあったが、戦いに向けて、北から南へと延びて敵の側面を突く新たな陣を築くことになった。テメレアには、海岸に沿って点々とつづく釣り小屋が見えた。少し離れたところに蠟燭の黄色い明かりがあり、岩場だらけの海岸は、それよりほんのかすかに明るい空に黒い固まりとなって浮かびあがっている。

波のとどろきが止むことなく聞こえる。まだ夜は明けておらず、英国軍の位置を偵察にきたフルール・ド・ニュイ〔夜の花〕の声が空で反響した。時折り、目くらましを狙って閃光弾が炸裂し、何頭かのドラゴンが逃げるフルール・ド・ニュイを追跡した。

夜明け少し前、ローレンスがテメレアの背からおり、戦場の方角を観察した。

テメレアは、逸る心でローレンスに尋ねた。「ナポレオンはもういる？　もうフランス軍は来てる？」

「ああ」ローレンスが答える。「哨兵たちの向こうにいる。頭をおろしてごらん、見えるから」

テメレアは頭を低くして少し傾け、片眼で地面に沿って遠くを見やった。白みはじめた濃い灰色の空を背景に、丘の頂に立つ哨兵たちの姿が確認できた。あちこちに不揃いな棒のような黒い影となって敵の陣地を囲んでいる。そのなかで兵士たちが隊列を保ったまま眠っていた。空では星の輝きが薄れ、いまにも消えそうだ。空が明るくなるにつれ、水辺から灰色の濃い霧が渦巻きながら立ちのぼってきた。

「いよいよだな」ローレンスが言った。テメレアの足もとでフェローズがもぞもぞと動きだし、あくびをしながらハーネスの点検をはじめた。

テメレアが喉の奥で響くやわらかな声で仲間に呼びかけた。「マジェスタティス、バリスタ――みんなをそろそろ起こしたほうがいいね」

「あたしは、この計画がどうにも気に入らないよ」食事の時間、ペルシティアが気むずかしげに言った。この日のために用意され、みなが待ち望んでいた牛だった。「なんの効果があるのか、さっぱりわからないよ。中央を死守しておいて、結局は手放すんだろ。じゃあ、なぜ最初から明け渡さないのさ。だいたい、あいつらがそこにいるってのは確かなのかい？」

その疑問はもっともに思われた。霧がいっそう深くなり、宿営ではいつしか樹木以外、地面に近いものはなにも見えなくなった。自分の味方の存在すらはっきり見えないのだから、遠く離れた敵のことはますますわからない。

「確かだよ」テメレアはペルシティアに答えた。「今朝早く、ローレンスが教えてくれた。きっと上空からだともっとよく見える」

空に舞いあがったときには、冷たい霧雨が降っていた。全ドラゴンが一度に出ていかないほうがよいとローランド空将が主張したので、みなでくじを引き、出撃の順番を決めた。戦いが長びく場合、余力を残しておく必要があることは、テメレアにもわかっていた。しかしながら、くじの結果、先発のグループに入ると、このまま霧が太陽を隠し、ローレンスが正午になっても交替の時間になったと気づかないでいてくれることをひそかに願った。

結局のところ、上空にきても、敵はよく見えなかった。沸き返る大釜のような霧のたまり場が、あらゆる谷間の低地にあった。海のほうからも、うずたかく盛りあがって霧が流れてきた。その高さは地上ばかりか、飛行中のテメレアさえ包んでしまうほどだった。突風とともに雨が翼を打ち、騒がしい音を奏でていた。

戦場に向かって飛びながら、テメレアはときどき地上に目をやった。やがて、隊列をつくって進軍する味方の兵士が見えてきた。服をつくろった大きさの異なる当て布のように、どの隊もみな少しずつほかとは異なっていた。五列縦隊でリボンのように長く連なる隊もあれば、野原を埋め尽くすような大きな固まりで移動する隊もあった。
すべての隊が、さざ波のように、なめらかに地上を進んでいった。白、黒、青、赤、さまざまな色の隊列があちらとこちらとで丘をのぼり、くだり、ふたたび谷間の霧に呑みこまれた。テメレアの耳は、兵隊が行軍するときの奇妙な音をとらえていた。おそらくは、兵隊が歩くときにズボンやブーツがこすれ合って奏でる、かすかな音の集まりだ。濡れた地面が靴音を聞こえにくくしていた。トランペットが高らかに響き、その音は誰が吹こうと、つねに喜びにあふれ、聞く者たちの心を奮い立たせた。大砲がオレンジの炎をあげ、勇ましい轟音（ごうおん）で戦いのはじまりを宣言した。

フランスのドラゴンたちははるか後方にいるのだろうと、テメレアは想像するしかなかった。眼を細くして遠くを見やったが、なにかが見えるわけではなかった。霧がまとわりついた樹木が土手のように視界をさえぎって、フランス軍の後方の動きがつかめない。「ほら！」とローレンスが叫び、テメレアはその腕が指し示す先に眼をやり、英国軍の陣営の中央がほぼ形成されているのを確認した。

英国軍が敵よりも颯爽（さっそう）としているのがうれしかった。テメレアの見るかぎり、フランス軍兵士には色味がなかった。多くはくすんだ色の丈の長い上着をはおっているか、白いシャツに白い半ズボン――あまり清潔ではなさそうだ――に、ありきたりな暗いブルーの軍服を着ている。テメレアの好みは、英国軍の大半を占める鮮やかな赤の軍服だった。中央にいくつも形成された方陣のなかには、通常の半ズボンではなく、鮮やかな格子柄のスカートをはいた兵士の一団もいて、彼らの軍旗はとびきり興味をそそられるものだった。

「あっちは鷲の軍旗を持ってるかもしれないけど」テメレアはローレンスに言った。「それさえ奪ってやったら、こっちのほうがいっそうすてきになるよ。ねえ、ローレンス、あの高い軍帽をかぶった兵隊たち、イカしてると思わない？」

「あれは、スコットランド竜騎兵連隊だ」ローレンスが望遠鏡をのぞきながら言った。「そして、その隣がコールドストリーム近衛歩兵連隊。中央を断固守る者がいるとしたら彼らだな。もちろん、ナポレオンが容赦なく猛攻をかけるだろうが」

「ぼくらの役割は敵のドラゴンを近づけないことだね」テメレアは言った。「少し心配なのは、結局、ぼくらはナポレオンを包囲するだけで、敵ドラゴンを封じこめるわけじゃないってことだよ。リエンが包囲を突破してしまったら、どうすればいい？」

内心では、ナポレオンを捕らえることになぜこんなに力を注ぐのだろうと、不可解でならない。むしろ狙うべきは、大きさもあり、〝神の風（ディヴァインズ・ウィンド）〟という凄絶（せいぜつ）な破壊力を持つリエンのほうではないだろうか。

「いまは案ずるより成功を祈ろう」ローレンスが言った。「ナポレオンが捕らえられて、リエンが降服することを願いたい。リエンは、ナポレオンが彼女のために投降することはないと思い知らされるかもしれないが」

「やつらが来たぞ！」旋回していたマジェスタティスが叫んだ。

きらめく雨を透かして、フランスのドラゴンたちの黒い影が、こちらに向かってくるのが見えた。眼下では、英国軍歩兵隊が敵の襲撃に備え、大きく堅牢（けんろう）な方陣をいくつも築いていた。兵士たちは開けた土地の中央にいて、肩が触れ合うほどに密集し、外側を向いている。最前列がひざまずいて銃剣を突き出し、第二列がそれと平行になるよう銃剣を上で構える。第三列の銃剣は頭上に向けられる。その後方には、長い柄をもつ武器が大量に地面から突き立ち、それを支える兵士が付いていた。きらめく大きな扇型の刃が上を向き、方陣の後方から襲いかかるドラゴンに立ち向かうために、後方を向いた細長い矛も付いている。

しかしながら、フランスのドラゴンたちは爆弾とネットを使って、英国軍の戦法を打ち破ろうとした。ペルシティアの根こそぎにした樹木をほうきにするアイディアもすでに盗んでおり、それを方陣の英国兵たちをなぎ払う道具に使った。

「行くぞ、テメレア！」ローレンスが叫んだ。テメレアは雄叫びをあげて、フランスの先発隊に突っこんだ。

霧のなかからあらわれた一頭のロワ・ド・ヴィテス〔速力の王〕が、白い幹と裸の枝から成る、細長い樺の木を、かぎ爪でどうにかつかんでいた。テメレアの突進を避けて急降下し、狙い定めたように英国の陣の最前列に襲いかかった。すれちがいざま、敵のクルーのライフルが火を噴き、テメレアは腹部に焼けつくような痛みを感じた。銃撃された――しかし、ローレンスからだいじょうぶかと尋ねられると、テメレアはフンと鼻を鳴らした。なんてことない、ぜんぜん、なんてことない。

優雅に宙に身を投じ、らせんを描いて急降下し、このフランスのドラゴンを低空飛行で追った。前方に銃剣の大群が突き立っているのを意識の片隅でとらえ、霧が渦巻いて流れ去るとき、その刃が銀色に輝くのも見てとった。ローレンスが爆弾についてディメーンになにか言うのも聞いた。

しかし、テメレアの眼はロワ・ド・ヴィテスしかとらえていなかった。ふふん、なんて速いんだ――。それでもテメレアは翼を広げて精いっぱい空気をとらえ、前へ前へと自分を駆り立てた。方陣を襲わせるわけにはいかない。追い抜かすのは無理だ。それでも猛スピードで追いかけ、追いせまり、目の前のしっぽにかぎ爪を伸ばした。

ロワ・ド・ヴィテスが金切り声をあげ、もがいて逃れようとした。テメレアはかぎ爪をその尾に食いこませ、懸命に後ろに引いた。テメレアの肩越しに二個の爆弾が、フランスのドラゴンのクルー目がけて投げられた。敵がふたたびライフルを構えて銃撃を再開しようとする。「こらえて(トネ・ボン)!」敵ドラゴンは自分のクルーに向かって叫ぶと、体を震わせて背中の爆弾を払い落とし、テメレアの拘束から逃れようと持っている木を必死で振りまわした。

テメレアは巨大なほうきの先で首と腹を殴打され、みっともない声を出さないようにこらえるだけで精いっぱいだった。よくしなる枝は激痛をもたらした。その衝撃に耐えて頭をもたげ、どうにか木に咬(か)みついてとらえ、もぎとった。武器を奪われたドラゴンは意欲をくじかれ、しっぽから血をしたたらせながら逃げ去った。

「どうだっ!」テメレアは敗者の背中に勝ち誇ると、奪った樺の木の幹にかぎ爪を巻きつけ、宙で何度か振ってみた。

「ローレンス、あの兵隊たちのほうに行くっていうのはどう？　もちろん、これを持って」テメレアはローレンスに提案した。フランス軍の部隊が霧のなかからあらわれ、ゆっくりと近づいてくるのが見える。この木を意趣返しに使うのがふさわしいように思われた。

「わたしたちは中央の方陣についていなければならない」ローレンスが言った。「勝手に動いてはだめだ。あのイエロー・リーパーたちを呼び戻してくれ。ほら、左のほうだ。おびき出されてかなり遠くまで行ってしまった」

テメレアは小さくため息をついたが、樺の木を海に向かって放り投げると、カルセドニーとその仲間たちを連れ戻しにいった。彼らはみなで一頭のグラン・シュヴァリエ〔大騎士〕に襲いかかっていた。が、この巨大な雌ドラゴンは、頭をつつかれ、横腹に咬みつかれても、反撃するでもなく逃げきるでもなく、巧妙にスピードを調整し、カルセドニーたちを少しずつフランス軍の陣営のほうにおびきよせていた。英国のドラゴンの守りを手薄にさせて、味方の小型ドラゴンたちに中央を攻撃させるチャンスをつくろうとしているのだ。

「きみたちは士官なんだから、散りぢりにならないように気をつけるのが務めだよ」

テメレアはひとめぐりしてみなを集めると、中央に戻りながら、厳しく言い渡した。
「でも、肩章を持ってるのはカンタレラだからな」カルセドニーが、責任逃れの言葉を口にした。
「なによ！」カンタレラはそう言うと、カルセドニーの翼端に咬みついた。カルセドニーが悲鳴をあげ、体をよじった。「わかった。それじゃあ、いまから、あたしが指令を出す。カルセドニーがそれを認めたのを聞いたわね、みなさん？」カンタレラはそう宣言すると、自分の肩章をぐいっと前に押し出した。いささか雨が滲みこんでいたものの、肩章はカンタレラの黄と白の体色によく映えていた。「二度と離ればなれにならないように、あたしについてきて」

イエロー・リーパーたちには、離ればなれにならなくても、待ち望んでいた戦いのチャンスがめぐってきた。フランスのドラゴンたちが追いせまってきたのだ。テメレアは旋回し、意欲満々で彼らに立ち向かった。

正午近くになると、ドラゴンたちはかなり上空まで追いやられていた。フランス軍は、英国軍の砲撃にさらされながらも陣の中央に砲座を築き、胡椒砲と大砲とで上空を狙って、ドラゴンの降下を許そうとしなかった。

大砲の射程より高いところの大気は冷えて澄みわたり、雲の流れが眼下の戦場の音や猛威からドラゴンたちを隔てていた。

空中戦は地上に比べて静かにつづいていた。逆巻く風と音を吸いこむ雲が、ドラゴンたちの咆吼も、ライフル銃のポンポンという散発的な発射音もほとんど消し去っていたからだ。フランスのドラゴンたちは巨大なほうきとネットをすでに捨て去っていた。木やネットを持っていては空中での防御がむずかしいと判断したのだろうが、ローレンスは敵の凶器が減ったことを喜ぶより、新しいものを取り入れては試し、捨て去るその速さに驚いた。

テメレアの活力もしだいに落ちてきた。もう六時間も戦っているのだ。休息をとるチャンスはいっさいなかった。地上の多くの兵士は、交戦していないときは、砲撃を避けるために地面に横たわっていた。ウェルズリーがそうするよう指示したからだ。

空中のドラゴンには、そんなふうに横たわれる場所はない。あるとしたら、戦いに出るまで眠っていた一マイル離れた陣地ぐらいのものだが、むろん、戻れるわけがない。英国軍の陣地の背後には波のとどろきしかなく、一面に立ちこめる霧の底は見えなかった。両翼の騎兵隊の馬たちは神経質そうに体の向きを変え、地面を掻いていた。
フランス軍は騎兵隊を戦いから切り捨てていた。それは大きな利点をあきらめることだった。なぜなら、ドラゴンを砲兵隊に突撃させる危険は冒せないが、冷徹な経済的観点からすると、馬ならそれが許されるからだ。今回、英国軍の馬にはすべてフードがかぶせられ、前方しか見えない状態にし、鼻先には香草袋を吊るして、ドラゴンの臭いを嗅ぎとれないようにしてあった。正午少し過ぎ、ローレンスの耳は、最初の突撃を合図する太鼓が地上で打ち鳴らされるのを聞きとった。

英国軍重騎兵隊が勇壮な突撃を開始した。天地を揺るがす喊声をあげ、重騎兵刀を振りかざし、軍旗をたなびかせて突進する。向かう先はフランス軍の歩兵大隊で、その場所にひと息つける空間を確保しようという作戦だった。いまや、ほぼすべてのフランス隊が、ナポレオンが中央の要と見なしたにちがいないコールドストリーム近衛歩兵連隊に砲撃を行っていた。フランス軍の大隊は崩れるどころか、ふたたび堅牢な方陣を築いた。それは一風変わった、通常の二倍はある大きな方陣で、まんなかに空間があいていた。

英国軍重騎兵隊は果敢に進み、人垣を跳び越えて、そのまんなかの空間を突っ切ろうとした。だがそこにはマスケット銃を構えた兵隊が待ちかまえており、悲痛な叫びがあがり、馬が倒れ、重騎兵がつぎつぎに振り落とされ、ひづめで砕かれた。

「ローレンス、あのプ・ド・シエル〔空の虱〕はどこに行くんだろう？」テメレアがはっとしたように言った。その指し示す先には一頭のくすんだ色をした、フランスの小型ドラゴンがいた。戦闘から抜け出し、急降下でフランス軍の陣地に向かっている。

プ・ド・シエルは、フランス軍の陣のどまんなかに着地した。そうすることで、このドラゴンの相対的な大きさがよくわかった。プ・ド・シエルは小型種に分類され、かろうじて戦闘竜として使える重量しかなく、せいぜい六、七トンといったところだ。だがそれでも、兵士の隊列の上にぬっとそびえ立ち、銀色の銃剣の背後で大きなかぎ爪を振りかざし、すべての歯と真っ赤な口を見せて吼える姿には、恐ろしい威圧感があった。

フードで視界をさえぎられ、鼻に香草を当てがわれていても、馬たちはもはやドラゴンに立ち向かおうとはせず、英国軍重騎兵隊の猛進がついに崩れた。馬たちは首を深くおろし、あるいは激しく横に振り、手綱に抗ってよろめくように進んだ。

前列にいた一頭の馬が逃げ遅れ、後ろ脚を滑らせた。プ・ド・シエルがすかさず身を乗り出し、前足のかぎ爪で馬をとらえて、地面から持ちあげ、乱暴に兵士を振り落とした。待ちきれないように口を大きくあけ、激しく抵抗する馬の首を食いちぎる。フランスのドラゴンたちは食糧不足に陥っており、このドラゴンもよほど腹をすかせていたにちがいなかった。

　この痛ましい光景が、まだそこに残った重騎兵隊に与えた影響は絶大だった。馬たちはたじろぎ、怯え、後方の英国軍の戦列まで撤退し、フランス軍にはもう二度と近づこうとしなかった。重騎兵隊が逃げ出すと、プ・ド・シエルはすぐに、英国の砲兵隊が砲撃を再開する前にそこから飛び立ち、後方で休憩し、さらにまた獲物を狩った。

　フランス軍のはるか後方にさらに多くのドラゴンがおり立って、同じように休憩をとっていた。そこは英国軍の大砲の射程外にあり、周囲にはフランス軍の歩兵隊がいたが、彼らはまったくドラゴンに怯えていなかった。

「ぼくは休憩なんかいらない」テメレアが気丈に言った。「もし、休憩をとるんだったら、バリスタとレクイエスカトが交替で出てきてからだね。ほんのちょっと地上におりるだけでいいな。それで、なにかちょっと食べることができたらね」

「どうやら、それも無理だな」ローレンスはいまいましい思いで言った。「ナポレオンが予備軍を送りこんだようだ」霧がわずかに薄くなり、風に吹き払われて、フランス軍の陣地の後方まで見わたせるようになった。そこから一頭、また一頭とドラゴンが飛び立っていく。どちらが優勢かは明らかだった。フランスのドラゴンたちは、戦場にいても、短時間の休憩をたびたびとっている。一方、テメレアをはじめとする英国のドラゴンたちは、夜明けからずっと空中で戦っていた。

テメレアが突然、動きを止め、ローレンスの体が跳ねあがり、搭乗ハーネスのストラップがぴんと張りきった。新たに登場した小型のガルド・ド・リヨン〔リヨンの番人〕が六頭、一丸(いちがん)となってテメレアに向かってきたのだ。小型ドラゴンたちは奇声を発し、テメレアの頭や首をしつこく突き、翼やかぎ爪で打ちすえた。

テメレアは力強く二回羽ばたき、体の向きを変えて、咆吼した。〝神の風(ディヴァインズ・ウィンド)〟の震動が、ガルド・ド・リヨンたちを吹き飛ばした。が、今度は、先刻も見た巨大なグラン・シュヴァリエが猛スピードで横をかすめ、コールドストリーム近衛歩兵連隊の方陣に近づいた。銃剣や槍が一斉に上を向いたが、この雌ドラゴンは隊の上に舞いおりるわけではなく、兵士らの一列目手前にどすんと着地した。

着地の衝撃で、大勢の兵士が地面から跳ねあがり、転がった。ドラゴンは振り返って、兵士らの目の前で激しく吼えた。これは心理的な攻撃だった。大型の納屋ほどもある巨大なドラゴンが十歩足らずのところで咆吼すれば、どんな勇敢な兵士でも青ざめる。銃剣が揺らぎ、下を向いた。つぎの瞬間、二十名の射撃手がグラン・シュヴァリエの背から立ちあがり、驚く兵士らに一斉射撃を行った。

兵士がばたばたと倒れ、英国軍の方陣の壁に穴があいた。雌ドラゴンは太い前足をその空隙に突っこみ、列にそって方陣の端まで並んだ兵士をなぎ払った。兵士も槍も草のように倒され、つぶされた。テメレアが怒りの咆吼を放ち、グラン・シュヴァリエに向かって急降下した。が、その針路にガルド・ド・リヨンの一頭が飛びこんできた。

「もうたくさんだ！」テメレアは猛々しく言った。「兵士はおまえたちよりうんと小さいんだぞ」テメレアは小型ドラゴンの首に咬みつき、頭をぐいっとひねった。おぞましい音をたてて首の骨が折れた。テメレアは小型ドラゴンを宙に放り出した。真紅とブルーの小さな竜の体が落下し、何人かのクルーが落ち葉のようにその背中から散った。

それでも、ガルド・ド・リヨンは命を投げ出して必要な時間を稼いだ。地上からグラン・シュヴァリエが飛び立ち、歓喜の声をあげるペシュール・レイエ〔縞のある漁師〕とプ・ド・シエルを従え、フランス軍の陣の後方にある避難所に戻っていった。

テメレアは雌ドラゴンがフランス軍の大砲の射程に入るのを目で追い、「卑怯者め！」と吐き捨てるように言った。地上の英国軍兵士らは、がむしゃらに方陣を立て直そうとしていた。何人かの兵士が自分の持ち場に這いずって戻ろうとしている。眩暈がして立ちあがれず、マスケット銃を引きずって移動する者もいる。

どこからか角笛の音が聞こえてきた。かすかで弱々しい音だったが、これを合図に、あらゆる場所でフランス軍が進撃を開始した。英国軍左翼にある釣り小屋の集落で長らく激闘がつづいていたが、そこに突然、敵の猛烈な爆撃がはじまった。新たなドラゴンが飛来し、爆弾を投下する。ついで敵の歩兵が小屋を囲むように設けた低い柵を突破し、なだれこんだ。こうしてつぎつぎに小屋が襲われ、窓から黒煙を噴きあげ、英国の軍旗が引きずりおろされた。

もし、フランス軍に英国陣営の中央を明け渡すとしたら、いましかない。しかし、右翼の丘陵から戦いを見つめているウェルズリー将軍は、まだ命令を下さなかった。

その丘の尾根に張ったテント群が作戦本部になっていた。ウェルズリーは海を見ていた。天候を読んでいるのだろう。ゆっくりとだが、空は晴れつつあった。

ウェルズリーが望遠鏡を敵軍の後方に戻すのを見て、ローレンスは自分の望遠鏡を同じ方角に向けた。薄い霧のなかに、ナポレオンの軍旗が、そして簡素な灰色の軍服に黒い帽子をかぶり、葦毛（あしげ）の馬にまたがった皇帝本人の姿が見えた。その背後には、まばゆいばかりに華麗な近衛軍団の姿がある。

ローレンスの望遠鏡のなかで、ナポレオンが片手をあげ、いともやすやすと一万の兵士を動かした。その命令はフランス軍の戦列に伝わり、つぎからつぎへ、結集された隊が一瞬の休みもなくずんずんと英国軍中央に向かった。皇帝は占拠された釣り小屋の集落のほうに馬を進め、近衛軍団の整然とした隊列があとに従った。

英国航空隊のドラゴンは左右両翼にいて、敵の進撃を防ぐために、果敢に戦っていた。しかし、あまりにも疲れすぎていた。右翼で、大型のフラム・ド・グロワール〔栄光の炎〕種のドラゴン、アクサンダールが、リリーの編隊に火焔を放った。飛びすさったメッソリアの翼が黒く焦げ、煙をあげるのを見て、ローレンスは震撼（しんかん）した。メッソリアは落下はまぬがれたが、ふらついて小さなニチドゥスにぶつかり、その衝撃で数人の兵士が宙に放り出され、空の黒い点となって落下していった。

アクサンダールの乗組員が二名、チャンスをとらえてリリーの背中に飛び移った。リリーは体をよじって斬りこみ隊を落とそうとするが、その隙を突いて、金色と青と赤の派手な体色をもつオヌール・ドール〔黄金の栄光〕が守りの壁を突破し、英国軍騎兵隊に接近し、銃火を浴びせた。敵ドラゴンは翼を大きく広げ、さらに降下した。

馬たちがいななき、跳ねあがり、駆け出し、一斉に広い空間になだれこみ、それがフランス軍にとっては英国軍の砲撃に対する恰好の煙幕になった。フランス軍歩兵部隊は銃剣を低く構え、速歩で前進をつづけた。一方、敵陣営の後方でドラゴンが整列をはじめた。大型と中型ドラゴンの前に小型ドラゴン、伝令竜が控え、ゆっくりと慎重に進撃を開始した。羽ばたきのひとつひとつが着実に英国軍との距離を縮めていく。

「ねえ、ローレンス、いま中央を明け渡さなければ、フランス軍は自分たちで勝手に中央を奪い取ってしまうんじゃないかな」テメレアはこの状況に焦(あせ)りを感じつつ言った。ウェルズリーはまだ命令を下そうとしない。霧を透かして丘の上に見える信号旗は、まだ〝堅く守れ〟と指示している。

「とにかく」と、ローレンスが言った。「いまは敵の進撃を食い止めよう。敵の戦列のあちこちに突破口をあけて、そこに大型ドラゴンを投入し――」

「待った、待った、ちょっと待った」遠くからペルシティァの甲高い声がした。テメレアは声のするほうに目をやって、ぎょっとした。懸命に羽ばたいてこちらに飛んでくるペルシティァが、なんとも珍妙な恰好をしている。

ペルシティァの背には彼女と行動をともにする在郷軍の砲兵たちがロープを命綱に乗っており、おびただしい数の帯布をペルシティァの背に固定するのを助けていた。その帯布は、以前兵士を輸送するときに使ったもの――手に入るありとあらゆる絹や麻布で急ごしらえした運搬用ハーネスだった。犠牲になったドレスやカーテンやテーブルクロスに色鮮やかなものが多かったので、ペルシティァは房飾りがいっぱいついた巨大なスカートをはいているかのように、スカートがもつれて脇腹や両足にまとわりつき、かろうじて翼だけを動かしているかのように見えた。

「退却なんかしないぞ！　負けたわけじゃない。負けるつもりもないよ」テメレアは、きっぱりと言った。

「ちがう、ちがう」ペルシティァが近づき、荒い息をつきながら言った。近づくと、帯布は、何本かの輸送用ハーネスをきつくねじり合わせてあり、簡単にはほどけないようになっていた。「取って」と、ペルシティアが、帯布の一本を振ってみせた。

　怪しみながらも、テメレアはその一本をかぎ爪ですくった。帯布は濡れていた。変な臭いがする。軍艦の甲板でグロッグ酒を配るときの臭いだ。「これ、どういうこと?」テメレアはそう問うそばから、鋭い刺激臭に鼻を突かれて「わっ」と声をあげ、首をのけぞらした。

「蒸留酒(リカー)を滲みこませてあるのさ」ようやく息が落ちついてきたペルシティアが言った。ほかのドラゴンたちも集まってきて、帯布を受け取りはじめている。「タールもちょっと入ってる。上から胡椒(こしょう)もまぶしてある。だから、鼻を近づけちゃだめだよ。イスキエルカはどこ? あの子がいなきゃ――あ、いたいた。あっ、だめ!」帯布を取ろうとするイスキエルカを押しとどめて言った。「あんたは取らなくていい。あたしたちがこれをつぎつぎに落とすから、火をつけて」

「はっ、そんなの簡単!」イスキエルカが言った。アングルウィングたちが一本の帯布を奪い合い、グレー・コッパーや野生ドラゴンたちもやってきた。みんな小柄で速力のあるドラゴンばかりだ。

「急いで、急いで!」テメレアは仲間に呼びかけた。フランスのドラゴン軍団が、ゆっくりとだが着実に距離を詰めてくる。地上では、フランス軍の歩兵隊が熾烈(しれつ)な戦闘を仕掛けていた。銃剣と銃剣がぶつかり、血が飛び散り、英国軍中央の方陣群の守りが衰えていく。フランス軍の狙いは、英国軍を空からの攻撃に対して無防備な状態に置くことにあった。

テメレアは、ドラゴンたちをさらに上空に導いた。ドラゴンたちはフランス軍の横列と平行になるように広がり、帯布をつぎつぎに落とした。イスキエルカが帯布を追いかけ、炎を噴きつける。帯布に火がつき、鮮やかな青や黄色の炎をあげながら、火の玉となって落ちていった。

フランスのドラゴンたちが鼻先に落ちてきた火の玉にたじろぎ、自分たちの横列を崩した。「いまだ、早く!」ローレンスが声を張りあげ、その横列の弱点を指差した。「あのシャンソン・ド・ゲール〔戦いの歌〕と、あっちのデファンドゥール・ブラヴ〔勇敢なる被告〕を狙え——」

「バリスタ、聞こえてる?」テメレアが呼びかけると、バリスタは返事する代わりにしっぽを大きく振った。バリスタと彼女を追いかけるイエロー・リーパーたちが、黄と茶の大理石模様のシャンソン・ド・ゲールに襲いかかった。

「急ごう、ぼくについてきてくれ」テメレアは、小型ドラゴンたちに呼びかけた。

「ペルシティア、きみも来るかい？」

「ううん、行かない」ペルシティアが答え、方向転換をした。「行かないけど」と、振り返って言う。「もっとこれをつくれないか試してみるよ。供給品の荷車に載ってた蒸留酒は全部使っちゃったからね――」

テメレアにそれ以上ペルシティアの話を聞いている余裕はなく、とびきり大きな火の玉をよけたばかりのデファンドゥール・ブラヴに向かって急降下した。火の玉が通過したあとに黒い煙の筋がまだ残っていた。デファンドゥール・ブラヴの横に大きな空間があいており、戦列からはずれてしまったために、いま、このドラゴンを守る仲間はいない。グレー・コッパー種のリクタスがチャンスを逃さず、かぎ爪で斬りつけた。敵ドラゴンは肩に深い裂傷を負い、ハーネスの革帯がいまにも切れそうになった。デファンドゥール・ブラヴは痛みにうめき、傷をかばうように体を丸めた。金茶色と緑の体表に、真紅の傷口がぱっくりと開いていた。「へへんだ！」リクタスが勝ち誇った瞬間、デファンドゥール・ブラヴが鉤尾（かぎお）を振りあげ、リクタスの腹を打ちすえた。敵ドラゴンよりも深刻な傷を、はるかに体の小さなドラゴンが負った。リクタスの怪我を見て、アングルウィング種の一頭が悲鳴をあげた。

しかし、リクタスはみごとに攻撃の道筋を開いた。ヴェロシタスがデファンドゥール・ブラヴの尻に襲いかかり、しっぽの怪我を打ちすえてから、軽やかに身をかわした。アングルウィング種の仲間やグレー・コッパーたちもそこに加わって、デファンドゥール・ブラヴの頭をしつこく攻撃する。敵ドラゴンの上で射撃手たちの足もとがふらつくのを見逃さず、小さなミノーがこの乱闘に飛びこんできた。ミノーは大きな敵ドラゴンの背にひょいとしがみつき、乗組員のなかからひとりの男をかぎ爪でつかんで飛び立った。

「ほらっ、あなたのキャプテンをいただき!」そう言って、哀れな男を宙で振ってみせた。デファンドゥール・ブラヴは怒りの咆吼をあげ、ミノーをすぐに追いかけ、アングルウィング種の一頭にぶつかり、フランスのドラゴン軍団の戦列を完全に壊してしまった。ミノーは捕虜をつかんだまま、一目散に英国の陣営に向かって飛んでいく。

「ちょっと同情しちゃうな」テメレアは、キャプテンを奪われた哀れなドラゴンを見送りながら言った。そして、これからはローレンスがいるときにミノーを背中に乗せるのはやめておこうと心にとどめた。上品で理知的なミノーが、戦闘になると、あんな悪辣(あくらつ)な手をたやすく使うとは思いもしなかった。もちろん、小さなドラゴンには、そうでもしなければ、自分より大きなドラゴンの力を奪えないことはわかっているのだが……。テメレアはデファンドゥール・ブラヴが残した隊列の穴に飛びこんで咆吼し、敵の中型ドラゴンたちをあっという間に追い払った。

レクイエスカトが、つぎの横列にいるグラン・シュヴァリエと戦っていた。重量の点ではレクイエスカトがじゃっかん勝っているものの、クルーを乗せていることで、フランスの雌ドラゴンのほうが戦いを有利に進めていた。ライフルの銃火がレクイエスカトの肉付きのよい横腹に浴びせられ、翼にも多くの穴を残している。雌ドラゴンは巧妙にレクイエスカトの上空の位置を保持し、腹側乗組員(ベルマン)に爆弾を投下させた。

一方、味方もこれと同じ手を使っているのをテメレアは見てとった。英国航空隊のハーネスを装着したドラゴンたちが、フランス空軍(アルメ・ド・レール)の大きな右翼をなんとかこれ以上寄せつけまいと、爆弾作戦で果敢に戦っている。

「艦隊が来たぞ!」テメレアの近くで弧を描いていたマジェスタティスが叫んだ。

「なんだって?」テメレアは問い返した。

「艦隊だ！」マジェスタティスが簡潔に答えた。「海に出ると見えるぞ。あの雲を越えたところだ」

そしてついに、ようやく、中央を譲れと命ずるトランペットの甲高い音が響きわたった。もう海を見にいく時間はなかった。地上の方陣群が縦列になって動きはじめた。テメレアはただちに、ドラゴンたちが指示されているとおり適切に左右の翼に分かれていくかどうかを確認しなければならなかった。

「いいかい、最後は英国軍陣営の後方で再会しよう！」テメレアは仲間に向かって声を張りあげると、さっそく興奮のあまり方向を間違えているアングルウィング種の一頭に注意を促した。

フランス軍兵士がいっそう足を速めて前進し、フランスのドラゴンたちは、英国軍兵士に襲いかかろうと降下していった。「ぼくたち、ここから離れちゃだめだ。あのドラゴンたち、英国軍歩兵隊をつぶしにかかるつもりだ」テメレアは首を後ろにめぐらし、ローレンスに言った。

「離れろ！」望遠鏡で海を見ていたローレンスが言った。「すぐにだ。中央から離れろ！　もっと上空に！」

テメレアは一瞬、半信半疑のまなざしをローレンスに注いだが、すぐに言われたとおりに上昇した。驚いたことに、眼下ではコールドストリーム近衛歩兵連隊の兵士らが、地面に身を投げ出し、うつ伏せの姿勢をとった。つぎの瞬間、雷鳴のような轟音が霧のなかで響き、オレンジ色の炎があがった。

テメレアは上空に向かい、雲を突き抜けたところで、海のほうを見やった。そこには十六隻の戦列艦隊がいて、その先頭には金色の巨大な文字で〝ヴィクトリー号〟としるされた軍艦の雄姿があった。ヴィクトリー号のマストには、提督旗がひるがえっている。そしてすべての戦列艦が、舷側に並んだ大砲をフランス軍のドラゴンと兵士に向け、砲撃を開始した。霧はついに艦首や帆から引いていったが、今度は、黒煙が艦隊を包みこんでいる。

フランスのドラゴンがつぎつぎに撃墜されていった。大型ドラゴンが一頭、また一頭と標的になり、砲弾に翼を砕かれ、骨を折られ、地上にいるフランス軍兵士の上に落下した。しかし数頭だけは、必死の羽ばたきで味方の上に落ちるのを避け、まだ移動している英国軍歩兵隊の上に落下し、兵士らをつぶした。巨大なグラン・シュヴァリエは仲間にぶつかりながら、よろめきながら懸命に羽ばたき、ついに海に出たところで力尽き、波間に落ち、打ち砕かれ、動かなくなった。この雌ドラゴンの肩に波が打ち寄せ、だらりと垂れた首が浮き沈みを繰り返す。

テメレアは複雑な気持ちになった。見てしまった光景に心を乱し、やりきれなさに体が震えた。無意識のうちに自分の胸を守ろうとして、翼を前に押しやっていた。トランペットがふたたび吹き鳴らされ、英国軍の両翼にいて鳴りを潜めていた砲兵隊が、フランス軍歩兵隊に猛烈な勢いで散弾の雨を降らせはじめ、逃げ惑う兵士らを前方へ、すなわち戦列艦から砲弾が雨あられと降り注ぐほうへと追いやった。

「テメレア!」ローレンスの叫びで、テメレアははっとわれに返った。エクシディウムが遠くで合図の咆吼を放っていた。いま、自分はそこにいなければならないのに!

疲労感は吹っ飛び、翼に震えが走った。あわてて方向転換し、この凄絶な光景に自分と同じように茫然としていた仲間を掻き集め、会合地点に向かった。こうして英国航空隊のドラゴンたちが、ひとつの巨大な固まりになった。おそらく百頭はいただろう。そして、百頭が一丸となり、フランス軍の予備隊に襲いかかった。

ほぼ一マイル先でドラゴンがばたばたと落ちていく、その光景を目に当たりにしたフランス軍兵士たちに動揺が広がった。風がいちだんと強くなり、とうとうすべての霧が吹き払われ、ネルソン提督の旗艦が沖合に姿をあらわした。まばゆいばかりの白地に赤い十字の提督旗が、風にひるがえる。旗艦ヴィクトリー号のそばには、マイノーター号、プリンス・オブ・ウェールズ号をはじめとする、コペンハーゲンから戻ったばかりの戦列艦の姿があった。戦利艦として新たな六隻も加わっている。そのすべてが、陸に向かって猛烈な艦砲射撃をつづけていた。

フランス軍はばらばらになり、陸からも攻撃を受け、逃げ出した。しかし、逃げ場などなかった。待ち受けているのは地獄の業火、行き着く先は英国海軍と陸軍との十字砲火の真ったただなかだった。英国軍歩兵隊が広くあいた空間に駆け足で進んだ。

そして、テメレアはついに、リエンの声を聞いた。リエンは必死に叫んでいた。英国軍歩兵隊の進撃が、リエンとフランス空軍の控えのドラゴン、ナポレオンと近衛軍団、両者を引き離してしまったからだ。

ナポレオンは、英国軍が仕掛けた罠にすでに気づいていた。フランス軍のすべてのトランペットが、退却の合図を吹き鳴らした。が、手遅れだった。フランス軍への命令は、恐怖にとらわれた兵士の固まりのなかに吸いこまれた。飛行速度をあげたドラゴンたちが、勢いのままに、激しい砲火のただなかに突っこんだ。

ウェルズリー将軍は、ここへきてようやく、英国側のすべての予備軍、左右両翼で持ちこたえていた隊を一気に投入した。木々と霧のなかから砲兵隊が姿をあらわし、熱い鉄の壁を築いて、フランス軍の退路を断ち、隊の再編成を封じた。

いまや、ナポレオンの首にかかった輪縄が締まろうとしているも同然だ。「テメレア、航空隊は、歩兵隊が陣形を維持するのを助けたほうがいい」ローレンスが声を張りあげた。「飛びこんでくる敵ドラゴンを、すべて阻止するんだ！」

テメレアの眼は、はっきりとリエンをとらえていた。リエンはまだ地上にいて、フランスのドラゴンたちに直接呼びかけ、命令をつぎつぎに発していた。いまはとりわけ英国軍の壁を突破させ、ナポレオンと、破壊と残骸に取り残された生存者を救い出すことに集中しているようだ。

「ほらね、あいつが自分で動くことはないんだ」テメレアは侮蔑をこめて言った。小さなドラゴンたちの大きな雲のような集まりがぐいぐいと前進し、英国軍に近づいてきた。リエンは伝令竜まで送りこんでいた。

テメレアは仲間に指示した。「ヴェロシタタス、きみたちアングルウィングは後退して、あのドラゴンたちを迎え撃ってくれ。モンシー、きみもだ。カンタレラ、敵ドラゴンが混乱したところで、さらに先へ追いこんでやれ。そう、英国艦隊の大砲の射程に」

敵の小型ドラゴンたちは矢のように直進して速度をあげ、英国の大型ドラゴンたちの横を突っ切った。が、すぐにアングルウィング種の集団とぶつかった。この敏捷なドラゴンたちの横をそう簡単にすり抜けることはできない。

ヴェロシタスとその仲間が、フランスの小型ドラゴンたちにかぎ爪で襲いかかり、咬みついた。群れをばらばらにし、獰猛なイエロー・リーパーたちのほうに追いこんだ。英国のドラゴンたちの攻撃に翻弄され、敵の小型ドラゴンたちは駆り立てられるように砲火のなかに飛びこんでいく。

「テメレア、急いでカルセドニーを連れ戻せ!」ローレンスが鋭い声を放った。

「え、どこ?」テメレアは声をあげ、周囲を見まわした。しかしもう手遅れだった。カルセドニーは小型のプ・ド・シエル種の一頭を追いかけ、遠くまで行きすぎており、やみくもに放たれた味方の砲弾の一発が、妙にくぐもった、おぞましい音をたててカルセドニーの胸を打ちすえた。

カルセドニーは衝撃で体をふたつに折り、静かに落下した。逃げのびたプ・ド・シエルは、ふらつきながらも飛んで、鉄の雨をくぐり抜け、ふたたび大空に飛び出した。そして二度と戦場には戻らず、一路フランスを目指し、イギリス海峡を渡っていった。

ほかにも十頭近い小型ドラゴンが英国ドラゴンの壁をすり抜けていった。そのうち数頭は、地上で必死に助けを求める兵士十数名を助け出した。プ・ド・シエル同様に、彼らも散りぢりになって海に向かった。しかし、ナポレオンに近づくドラゴンはいなかった。いまにも英国軍歩兵隊がナポレオンのいる地点までたどり着こうとしている。近衛軍団が皇帝を取り囲む方陣を築いた。捨て身の覚悟で人間の盾になるつもりなのだろう。

リエンは自分の作戦の失敗を、ナポレオンの危機を見てとったにちがいない。突然耳をつんざくような甲高い叫びをあげて、宙に飛び立った。

「ふふん!」テメレアがことさら大きな声をあげた。しかし、リエンはテメレアには近づいてはこなかった。英国のドラゴンと戦うのではなく、方向を変えて、戦場を捨てて、逃げ出した。十数頭のドラゴンがそのあとを追った。彼女の忠実な親衛隊、プティ・シュヴァリエたちと、日除けをつけてはいるが、半ば視力を失っているフルール・ド・ニュイたちだ。

「ふふん、ふふん！」テメレアは空気を震わすような憤慨の声をあげた。「ふふん、なんて臆病なやつらだ。ナポレオンを残して逃げていくなんて」

「リエンは英国艦隊を狙うつもりかもしれない――」ローレンスが言った。「テメレア、すぐに艦隊からきみが見える位置まで移動してくれ。アレン、艦隊に信号旗を出すんだ。〝注意せよ、北東に向かう竜〟。それからアルファベットで、〝セレスチャル〟と。ネルソン提督ならこれでわかるだろう」

「ぼくたちで艦隊を助けにいく？」アレンが懸命に信号旗を振るあいだ、テメレアは期待をこめてローレンスに尋ねた。それでもまだ、リエンが逃亡するという見立てを捨ててはいなかった。リエンは艦隊に手を出すかもしれないが、それは言い訳程度のものではないか。つまり、リエンがほんとうに望んでいるのは戦うのを避けることであり、ただ逃げる前に、最小限の戦うポーズをとりたいだけなのではないか。「あいつが逃げる気だろうが、逃がすもんか。ずっと逃亡するんじゃないかと思ってたよ」

「いまここで、われわれがリエンと交戦したら、英国艦隊は砲撃できなくなる」ローレンスが言った。「ほら、艦隊が警告を受け取った。見えるだろう？　ネルソンが命令したにちがいない。大砲がリエンを直接狙っている。テメレア、艦隊の向こう側にまわってくれないか。リエンがフランスに向かって逃亡したときは、われわれが立ちふさがろう」

英国の戦列艦隊が数珠(じゅず)つなぎに横に並び、近づいてくる敵ドラゴンに舷側砲を向けるさまは、優雅にして圧巻だった。しかし、リエンは舷側の大砲の射程を避けて、遠く離れたところで空中停止(ホバリング)した。灰色の空を背景に、その姿が小さな白い点として見える。ほかのフランスのドラゴンたちは、リエンの上空を旋回しつづけている。

リエンが咆吼した。距離が離れていても、〝神の風(ディヴァインズ・ウィンド)〟の反響は、海面を渡って波のように押し寄せてきた。波の飛沫(しぶき)がつくる白い雲のなかにいるリエンのほうから、細かな霧が漂ってくる。

「リエンがなにをしようとしているのか、わかるかい？」望遠鏡でリエンを見ていたローレンスが尋ねた。

「頭がおかしくなったんじゃないかな。ふたり目の守り人(もりびと)まで失うことになって」テメレアはそう答えた。ほんとうにそう思っているわけではないが、海面に向かって吼えて、それでいったいなんになるのか見当もつかない。「水が形を持つわけないからね、リエンがなにをしたって、すぐにもとに戻って――」

だが、テメレアは新しい局面を見てとり、尾をぴくりと動かした。「でも、あいつ、艦隊に近づいていく。いまなら大砲で撃てる、いまなら――」

リエンはじわじわと艦隊に近づきながら、なおも波に向かって激しく咆吼をつづけていた。腹部が波をかぶりそうなほど低空を飛び、リエンが吼えるたびに海水が盛りあがった。

「あの波はかなり高いぞ。十フィートを超えている」ローレンスが言った。「ミスタ・アレン、艦隊に信号を送ってくれ。〝嵐の錨（ストーム・アンカー）〟。航空隊の信号じゃない。そう、海軍のものだ――赤、白、そして緑、そのあと赤で円を描く。テメレア、リエンがなにをするつもりかわからないが、ただ見てるわけにもいかない。リエンに接近しよう、急げ！」

テメレアはローレンスが最後まで言い終わらないうちに、勇んで飛び出した。どの波もそんなに高くは見えない。あの波が巨大な軍艦の舷側を越えることはないだろう。それぐらいは、これまで海に出た経験からわかる。しかし、波がつぎつぎに押し寄せてくると、戦列艦は大砲を撃てなくなるかもしれない。その機を狙って、リエンが艦隊に接近し、〝神の風（ディヴァインズ・ウィンド）〟を使う可能性は充分にある。

いずれにしても、テメレアの心を占めているのは、とうとうリエンと戦うチャンスが到来したということだった。リエンは、これまで戦場でまったくなにもしなかった。渦中から遠く離れて、みなが傷つき、殺されるのを眺めていただけだった。しかし、テメレアが接近すると、リエンは自分が生み出したいくつもの波を追うのを突然やめた。方向転換して波に背を向け、何十回かはばたき、引きさがった。リエンの胸部が震え、翼が不安定にぐらついているのが見えた。きっと疲労困憊(こんぱい)なのだ。テメレアはさらに勢いをつけて飛んだ。いまならあいつを仕留められる。疲れきって速力が落ちているリエンをいまなら――。

リエンが空中停止(ホバリング)し、深々と息を吸いこみ、振り返った。そしてもう一度、自分のつくった波を追い、海面すれすれを水平飛行しながら、これまででもっとも大きな咆吼を放った。テメレアの背後の大砲のとどろきすら掻き消すほどの、すさまじい音だった。それによって、リエンの前方に新たな波のうねりが生まれた。波はそれほど高くなかったが、動きがなめらかで、きわめて速かった。リエンは力を使い果たして沈黙し、なおも震えつづける大気のなかにとどまった。その首はいまにもくったりと折れてしまいそうだった。

だがもう、リエンが手を出す必要はなかったのだ。最後の咆吼から生まれたうねりは、まるで生きもののように勝手に走り、速度をあげ、前方にある波をとらえ、さらに走り、また新たな波をとらえて、呑みこんだ。波が波にぶつかるさまは、まるで波がよろめき、つまずき、その先にある波に向かって倒れこんでいくかのようだった。ひとつ、またひとつ、波がぶつかり、重なり、溶け合い、やがてひとつの巨大な波と化した。

テメレアは驚きにのけぞった。リエンから生まれた波が、突然、なんの予告もなく、前方のリエンの姿を見えなくさせるほど高く盛りあがり、自分のほうに迫ってきた。翼端が巨大な波の飛沫を浴びた。とっさに背面飛行でかわし、どうにか波の頂に呑みこまれるのを避けた。高く舞いあがって波をかわす余裕もなかった。

振り返れば、通り過ぎた波はさらに、さらに高さを増し、つやつやと輝く暗緑色の壁と化していた。なんという大きな壁だ。その頂で、いや、波のすべての表面で、白い泡が無数の小さな渦を巻いている。

テメレアは、艦隊に迫る波と競い合うように飛び、波を追い越した。

「テメレア！」ローレンスが叫んだ。「テメレア、あれを壊せるか？」

首をめぐらし、背後の波を見た。波はなおもふくらみつづけていた。こんな巨大な波は見たことがない。尾の先まで震えが走った。以前に颱風（タイフーン）を乗り切ったことがある。あれはインド洋だった。天空で雲が逆巻（さかま）いて飛ぶこともできず、アリージャンス号はふくれあがった波に乗りあげ、波の向こう側の海面に、砕け散ってもおかしくない速度で叩きつけられた。

いまの状況はあれよりもっと厳しい。この世のものとは思えない、巨大な波なのだ。しかし、あそこまで巨大にしたのはリエンだ。そして、リエンが使ったのは〝神の風〟だ。だとしたら、自分も〝神の風〟で、それを壊せないわけがない。

波が背後から迫ってくる。とてつもない大きさにもかかわらず、俊足で、おぞましいほどの沈黙をたたえて。細かな三角波が、廷臣が君主に道を譲るように平らになっていく。方向転換してこの巨大な波と向き合わなければならない。そのためには波と距離をあけなければならない。いまやそれぞれの艦首に艦名が読みとれるほど艦隊に近づいている。索具を扱う、あるいは、甲板を右往左往する水兵たちの姿があわただしく動く黒い点として見えた。

テメレアは波の飛沫を浴び、翼から海水を滴らせて飛んだ。前へ、前へ、しかし高度を得られない。息を充分に吸いきる時間もない。しかし、これが限界だ。ぎりぎりのところで体を返した。巨大な波が近づいてくる。全身の力を絞り出すように、咆吼した。

「ああっ、神よ、お慈悲を!」ローレンスは叫んだ。いや、叫んだような気がした。両目をこすって海水をぬぐい、振り返って、通り過ぎていったものを見た。テメレアの咆吼が、巨大な波に穴をうがっていた。しかし、波そのものは壊れなかった。巨大な波は、穴をあけて通りすぎた。ローレンスとテメレアがくぐり抜けた穴が、波の壁にぽっかりとあいた大きな窓と化していた。そこから英国艦隊が見えた。就役旗(しゅうえきき)をはためかせたヴィクトリー号、すべての戦列艦、嵐のような海の色を背景に浮かびあがる白い帆の真珠のようなきらめき。つぎの瞬間、破滅がすべてを呑みこんだ。

舷側を波に向けていたネプチューン号は、波に呑みこまれる直前、金色の炎をあげて大砲を放ち、果敢な抵抗の叫びをあげて海の藻屑(もくず)と消えた。波とぶつかった艦隊は、その輝く表面をせりあがり、のぼりきったところで、艦首から泡立つ海面へ、奈落の底へ真っ逆さまに突っこんだ。つぎつぎに戦列艦が波をのぼり、最後は白い泡が逆巻く瀑布のなかで転覆し、深い緑の海底に沈んだ。

波は倒れこむようにイギリス海峡に向かい、進むにつれて弱まった。まるで肩をいからせていた巨人が、その肩をゆっくりとすくめるように。戦列艦のなかで唯一、スパーブ号だけが錨をおろして生き残り、海面で揺れていた。マストをすべてへし折られ、水が舷側からあふれ出していた。二隻のフリゲート艦も、錨をおろすのに間に合った。転覆しそうなところからどうにか立て直し、沈没をまぬがれた。波間に漂う残骸にしがみつく人影も見える。しかし、十四隻の戦列艦は、砂の城が潮に流されたように跡形もなく消えていた。

もはや大砲の音は響かなかった。兵士たちの戦いの声も聞こえなかった。この静寂のなかで、フランスの最後に残ったドラゴンたちが飛び立ち、矢尻の陣形を懸命に維持して、十字砲火が一時的に途絶えた戦場に突進した。近衛軍団がナポレオンを守りながら、味方のドラゴンたちと合流しようと前進した。

「テメレア！」ローレンスは叫んだ。トランペットが切迫した警告の合図を吹き鳴らす。テメレアは疲労困憊だったが、方向転換し、仲間を呼び寄せた。すでにフランスの小型ドラゴンで敏捷なシャスール・ヴォシフェール〔残酷な狩人〕が、ナポレオンを背に乗せ、空に舞いあがっていた。

テメレアは仲間を従えて、敵ドラゴンの集団に向かった。しかし、テメレアのほうに立ち向かってきたのは、集団のなかの四頭、小さいながらも勇敢なペシュール・レイエたちだけで、彼らは仲間たちから遅れるのもかまわず、雄叫び（おたけ）をあげてかぎ爪で襲いかかってきた。

バリスタが戦闘に飛びこみ、敵の二頭の頭をしっぽでしたたかに打ちすえた。レクイエスカトも怒りの咆吼をあげて飛びこんでいったが、ナポレオンを乗せたシャスール・ヴォシフェールは逃げきり、イギリス海峡に向かい、そのあとを何十名かの近衛隊員を乗せた同じくシャスール・ヴォシフェール種の五頭がマスケット銃の硝煙（しょうえん）を残しながら追いかけた。もはや彼らを阻止できる者はいなかった。疲弊しきって飛ぶこともままならないリエンは、両脇から彼女の腹心、二頭のプティ・シュヴァリエに支えられて、イギリス海峡を渡っていった。

最後に残った敵ドラゴンたちも、攻撃を振りきって逃亡した。戦場の兵士たちは銃をおろし、がくりと膝をついた。あるいは両膝も両手もつき、動けなくなった。十九本の鷲の軍旗が踏みしだかれ、血と泥に汚れ、二万の兵士の死体のなかに散らばっていた。

こうして、英国にようやく、勝利の日が訪れた。

16　新たなる旅立ち

「ローレンス、褒め言葉として聞いてくれ。わたしは生涯、きみほど縛り首にしてやりたい人間にも、きみほど縛り首にするのに惜しい人間にも、出会ったことがない」

ウェルズリー将軍が言った。

「ふふん。ぼくらを働かせるだけ働かせて、あとは縛り首にするつもりだったくせに」テメレアが癇に障ったようすで返した。

「きみたちは任務をまっとうした。残念なのは、名誉の戦死をしなかったことだな。そのほうが、事後処理が楽だった」

ローレンスは、片手をテメレアの前足に置いて、これ以上の反撃を押しとどめてから言った。「仰せのとおりです。誰だろうと、縛り首よりは名誉の戦死を選びたい」

いまやウェリントン公爵となり、その爵位にふさわしい戦利品の宝冠を頭に頂いたウェルズリーが、鼻を鳴らした。

そこはテメレア専用のドラゴン舎のポーチだった。ローレンスがずいぶん前にテメレアのために建てたものだが、アフリカ遠征やローレンスが投獄されているあいだは、政府によって管理されていた。テメレアがここに身を落ちつけたのは、ごく最近のことだ。

いま、ドラゴン舎の一角では、数頭のドラゴンが昼寝をむさぼり、そばでペルシティアが元在郷軍兵士たちに、臼砲(きゅうほう)について講義している。ペルシティアは戦利品を仲間となった兵士たちにも分け与え、戦いのあとも行動をともにするようになった。兵士たちは目下、自分たちの兵舎を建設中だ。

あたりにすさまじい音が響いて、みなが新たな煉瓦の到着に気づいた。新たなドラゴン舎の建設に奮い立っているレクイエスカトが、五トンはあろうかという煉瓦の荷を運びこんできたのだ。

ウェルズリー改めウェリントン侯爵は、大量の煉瓦の山と、ミノーが仲間と土を掘り返してつくったドラゴン舎の土台をいぶかしげに眺めた。あたりには土ぼこりがもうもうと立ちこめている。「この煉瓦をどこで手に入れた?」

「買ったのさ」ウェリントンの質問を聞きつけたペルシティアが言った。「盗んだなんていちゃもんはなしだよ。鷲の軍旗を売って、資金をつくったんだから」

「やれやれ」ウェリントンがふとももを指で叩きながら言った。「その資金とやらから損害賠償金も用意してくれ。早晩、兵士たちが暴動を起こすことになるだろう。十万の兵士、優に一万人はいる負傷兵たちに、ビールとラム酒の配給だけではすまなくなるぞ」

「面倒を望まないなら」と、ペルシティアが言う。「もっと賢く、手際よく戦うべきだったわね。あたしだったら、あんなに長くフランスのドラゴンたちを戦場にとどめておかなかった」

これはかなり不届きな発言だった。なんにせよ、ウェリントンは二十万の兵士、三百頭のドラゴン、二十隻の艦隊を率いて、戦いの采配を振った。それもあえて不利な陣地を選び、自軍よりよく訓練され、軍備も充実した敵を相手に戦った。戦闘が当初の計画より三時間も長引いたのは、英国艦隊が陸に近づいて砲撃するために霧が晴れるのを待つほかなかったからだ。

「なんという生意気な口を」ウェリントンがうなるように言った。しかし、ペルシティアは翼の両端をわずかに持ちあげてみせただけで、どこ吹く風で自分のドラゴン舎に戻っていった。

いまは三月十七日、午前半ば――。フランス軍を英国本土から追い払った〈シューベリネスの戦い〉から二週間が過ぎている。戦いのあとには、勝利の達成感を上まわる疲弊と深い混迷、そして惨劇の後始末が待っていた。戦いが終わるや、人間もドラゴンもその場にくずおれ、戦場に散らばる兵士たちの低いうめきを聞きながら眠りに落ちた。大波が岸壁に打ち寄せるのを見るたびに、大勢の兵士が泣いた。

そして翌日、誰から命令を受けたわけでもなく、おびただしい死体を片づけるという難儀な仕事にみなで取りかかった。テメレアとその仲間は、倒れ伏したドラゴンを順に調べていった。みながみな息絶えているとはかぎらなかった。多くのドラゴンが死の淵にあり、怪我を負い、骨を折り、うつろな目で血を流しながら徐々に弱っていった。

周囲にはクルーたちの遺体も散らばっていた。鼻で小突かれたり後ろから支えられたりすれば、なんとか立てるドラゴンもいて、そんなドラゴンたちは足を引きずりながら戦場から宿営まで歩いて、竜医の手当を受けた。手のほどこしようがないほど傷を負ったものは安楽死させるほかなかった。騎乗していたドラゴンの体が盾となり命を救われた敵の飛行士たちは捕虜として連行された。

カルセドニーの亡骸は緑茂る丘に横たわっていた。黄色と白の体は緑の草地でよく目立ったが、遺体を裏返すと、胸に真っ赤な傷があった。仲間のイエロー・リーパーたちが、カルセドニーの体の下に鼻先を押し入れ、注意深く持ちあげて、戦場から運び出した。

「でも、どこに連れていこうか？」グラディウスが沈んだ声で言った。

「あの隔離場のあとに連れていこう」テメレアが言った。「ドーヴァー基地に近い、竜疫が蔓延してたときに使ってた、あの隔離場だよ。病死したドラゴンたちのお墓がたくさんあるんだ」

こうして、カルセドニーや死んだドラゴンたちは、かつての隔離場があった谷の新たな土まんじゅうになった。うっすらと雪に覆われた地面から緑の芽がけなげに頭をもたげており、埋葬のために地面を掘り返すと、湿った土の芳しい匂いが立ちこめた。

意識的にというより、むしろ習慣から、ドラゴンたちは食糧を求めてドーヴァー基地に向かった。習慣が幸いした。英国航空隊の多くのドラゴンが、ドーヴァー基地にある自分の宿営に戻っていた。地上クルーや牧夫たちが、牛を集められるだけ集めて、分配をはじめた。そして一週間後、あのウェールズの繁殖場の飼養長、ロイドがテメレアのドラゴン舎に——泥まみれになっても黙々と歩きつづけ——ひと繋ぎの牛を連れてあらわれた。

「ねえ、ロイド。この牛たちをどこで手に入れたの？」テメレアは答えを待ちきれず、最初の一頭をむしゃむしゃと頰張りながら尋ねた。

「ロンドンにあった囲い地のなかだよ」ロイドは、きょろきょろと酒をさがしたが、あきらめて、感謝の言葉とともにお茶を受けとった。「いや、もともとはあいつらのものじゃなかったんだから」言い訳がましく付け加えた。フランス軍が奪ったものだとしても、もとの所有者については不問にしたほうがよさそうだった。

ドーヴァー基地のドラゴンたちもしょっちゅうやってきて、建築作業が進むようすをうらやましげに眺めた。「おれたちの基地には、なんでこういうのがないんだろうな」マクシムスが不満そうに言った。「イスキエルカだって持ってるっていうのに」

「おれに何千ポンドもためて、おまえのために神殿でも建てろってか？」バークリーが言った。「まあ、いいじゃないか。おまえはずっと外で寝てきたし、それで困ったことは一度もなかった」

しかし、それからほどなく、航空隊士官たちのあいだで――大っぴらにではなかったが――熱心な献金がはじまり、ドラゴンたちは誰が最初にドラゴン舎を完成させるかで、楽しげに張り合いはじめた。

基地への訪問者を通して、ローレンスのもとにもロンドンからの情報がいくつか流れてきた。そのなかには誰でも聞き耳を立てずにはいられないような知らせもあった。国王がケンジントン宮殿に隠遁し、プリンス・オブ・ウェールズが摂政皇太子になったこと、しっぽを巻いて逃げ出したナポレオンがそれでもまんまとパリに帰り着いたこと。また新聞は愛国的な熱を帯びて、海に沈んだネルソン提督と海軍兵士らを悼み、彼らを国家の殉教者と賛美していた。

そのあいだ、ローレンスとテメレアは、行動を制限されなかったし、公的な関心も払われなかった。しかしローレンスは、こんな状況がそう長くはつづかないだろうと感じていた。政治機構は大きな混乱がおさまれば、元の方針に戻ろうとする。否応なく隘路に追いこまれていくだろうと覚悟はしていた。国家への反逆が、そう簡単に忘れ去られるはずがない。

ただ、ウェリントンの訪問に驚いたのは、自分の身柄を拘束するために誰かがやってくるとしても、それはジェーン・ローランド空将か、あるいはもっと低い階級の軍人だろうと予想していたからだった。まさかウェリントンがじきじきにあらわれるとは思ってもみなかった。しかし、ウェリントンが来たからといって、それが晴れがましいわけでもない。

「失礼ながら」と、ローレンスは言った。「時間を割くべき用件に事欠かないあなたが、基地内の建築工事の進捗を調べるために、わざわざここを訪れたとは思えません。もし、なにかわたしに求めることがあるのなら、どうか回り道はせずにおっしゃってください」

「だめだ。ローレンスを監獄には行かせないよ。絞首刑もだめだ」テメレアが割って入った。「そのために来たんだったら、出ていってほしいな。今度ローレンスを奪いに来るなら、軍隊を引き連れてくるんだね」

「きみや仲間のならず者たちと戦争をはじめるつもりはない。いま、きみが言ったのがそういう意味ならだがね」ウェリントンが言った。「きみたちの〝密約〟のことはとうに耳に入っている。あのロングウィングとリーガル・コッパーが、仲間にべらべらしゃべっているぞ。いずれはドーヴァー基地に行くと——もし政府ときみが戦うことになったら、仲間を引き連れて、きみといっしょに戦うんだとな。そうしないと、いずれはほかのドラゴンまで、キャプテンを奪われることになってしまうのだそうだ」

ローレンスは、テメレアをじろりと見やった。テメレアは一瞬うろたえたものの、すぐに立ち直って、やり返した。「ぼくがあなたを信用しないからって、あなたから文句を言われる筋合いはないよ。あなたがたは前に一度、ローレンスを連れていこうとしたんだから。それから、ぼくらが受け取るはずの賃金は？　それに基地のことは？　ぼくらに基地を解放するんじゃなかったの？」

「それ以上言うな」ウェリントンが言った。「わたしは約束した。そして、わたしは約束を守る。いずれは各地の基地を使えるようにするし、賃金も支払おう。あの熾烈な戦いをもちこたえた、ほかのならず者たちにもだ。政府が未払い金をすべて支払えるようになるまで、半年はかかるだろう。それまでは我慢してもらわなければならない。そのあいだ、少なくとも、きみたちが飢えることはない。それ以上なにを望むかな？」

「失礼を言ったなら」と、テメレアが態度をやわらげて言った。「謝ります。あなたに約束を守る気があるなら、ローレンスを監獄に入れるつもりじゃないなら……。ん、でも結局、なんで来たの？　なにが望みなの？」

「わたしが望むのは」と、ウェリントンが言った。「いや、わが国王陛下と英国政府が望むのは、きみたちをこの国から追い出すことだ。国王陛下の正義によって、減刑が認められ、流刑と労務を課すことに変更された」

テメレアは〝正義〟という言葉が出たときに鼻を鳴らした。そして疑い深く、その刑について説明を求め、政府がローレンスを外国へ、オーストラリアのニューサウスウェールズ植民地へ送りこもうとしていることをようやく理解した。

「だけど、そこは世界の果てだよ。あなたがもう一度監獄に入れられるのと同じくらいひどい話じゃないか」テメレアはローレンスに不服を言った。「あなたひとりをそんな遠くへ行かせはしないからね」

「そういうことか」ローレンスはウェリントンの顔を見つめて言った。「なにかお考えがあるのですね。テメレアを放逐することが得策とは思えません――フランスが同じセレスチャル種のリエンをかかえているかぎりは。あなたがわたしをどう思っていらっしゃるかは知りません。しかしその代償はあまりに高すぎます」

「きみの頭は、近頃、いささか鈍っているようだな、ローレンス」ウェリントンが言った。「代償はきみに命を与えたことだ。そして海軍省委員会はそれを安い代償だと考えた。一頭のドラゴンを――その気にさえなれば、ドーヴァー港に浮かぶ船の半分を一気に沈められるドラゴンを放逐できるなら」

テメレアの冠翼がぴんと立った。「失礼な！　ぼくは漁師や商人にそんな残酷なことはしない、ぜったいに。なんでぼくがそんなことを！」

リエンのすさまじい破壊力に関する話は、野火のように国じゅうに広まった。それは勝利の知らせとネルソン提督の訃報とともに、戦場からロンドンや故郷に戻っていく兵士たちから津々浦々まで伝わった。その話によって人々が得るものはそう多くはない。戦慄か、あるいは気晴らしか。しかし、その話がこんなふうに不安を掻き立てていることに、テメレアがなにか恐ろしいことをしでかすのではないかという理不尽な疑念にふくらんでいることに、ローレンスは愕然とした。

ウェリントンのほうを見て言った。「もしテメレアがおぞましい破壊兵器だとしても、フランスも同じものを持っているのです。放逐して、それですむわけがない。それでは、フランスが同じものをこちらに向けるからと言って、自国の大砲を鋳(い)つぶしてしまうのと同じです」

「しかし、一門の大砲が、ときに向きを変えて自分たちを撃つような大砲だったらどうする？　あるいは、自分と同じことをしろと仲間の大砲を焚きつけるような大砲だったとしたら？　わたしは喜んでその大砲を捨てる」ウェリントンが言った。「わたしに考えを変えさせたのは、きみだ。きみのおかげで、ドラゴンが知恵のある生きものだと確信できた。だからこそ、ドラゴンには政治的信条を持ってほしくない。ホイッグ党による一万人を前にした民衆煽動より、たった一頭のドラゴンが政府にとっては脅威なのだ。それに対処することこそ得策だとわれわれは考えている」

「ぼくらドラゴンに知性があることを、あなたが認めたかどうかは疑わしいな。ほんとうに知性があることを認めたのなら、ぼくらにも政治的権利があることを否定しないはずだから」テメレアが言った。

「人であろうが、竜であろうが、国家の礎(いしずえ)を壊そうとする者に、権利など認めるわけがない。今後も認めることはないだろう」と、ウェリントン。「権利がなんだ！　権利、権利と、今後いっさいうるさく言うな」

ウェリントンが立ち去ったあと、テメレアはローレンスを横目でちらりと見た。

「ぼくらが望まなきゃ、誰もぼくらを行かせることはできないよ。ウェルズリーだかウェリントンだか公爵だか知らないけど、あいつの考えなんか、どうだっていい」

ローレンスはテメレアの前足に手を置いて、ドラゴン墓地のある谷のほうを眺めた。去年の夏よりはずっとましな光景になっている。土まんじゅうの連なる丘は緑で覆われ、ロイドが集めてきた牛や羊たちが草を食んでいる。目の前に広がるこの光景こそ、まさにイングランド、わが祖国だ。自分は暗闇からようやく這い出て、日の光を見た。しかしすぐにまた、ここから去らねばならなくなった——今度は、永遠に。向かう先は、はるか遠くにある乾いた国だ。

「行くしかないだろう」という言葉がローレンスの口を突いて出た。

「あなたの乗る輸送艦で卵をいくつか運んでもらいたいの」と、ジェーンがローレンスに言った。「ニューサウスウェールズ植民地で、ドラゴンが必要とされている。開拓と植民を助けるためにね」彼女は丸い巨岩の端に腰をおろした。話を立ち聞きされない場所を求めて、ふたりはドラゴン舎から少し遠くまで歩いてきた。丘陵の斜面から海が見わたせる。波頭が日差しにきらめき、白い帆影もあちこちにあった。

「オーストラリアに卵を送っても、英国にはまだ余裕があるのかい?」ローレンスは尋ねた。

「むしろ、こちらで維持するよりは楽ということね」ジェーンが答えた。「あなたが薬キノコを持ち帰る以前は、このブリテン諸島のドラゴンを総入れ替えするような事態もありうると考えていたの。そして、精いっぱい繁殖を試みた。その結果、いまは孵化しても養いきれないほどの卵をかかえている。ことに国土が略奪にさらされ、家畜の管理も悪化した状況ではなおさら」そう言うと、拾った小石を断崖からフランスの方角に放ってみせた。「ナポレオンは今回の英国遠征で、四十頭のドラゴンを失った。その損失は大きいわ。すぐにまた攻めてくることはないでしょう。たとえ、そうなったとしても、わたしたちは迎え撃ってやるまで」

ローレンスはうなずき、ジェーンのかたわらに腰をおろした。ジェーンが胸の前で両手をこすり合わせ、息を吹きかけた。まだ大気は冷たい。丘のふもとでは、エクシディウムがドラゴン舎の土台を興味深そうに調べていた。ペルシティアがエクシディウムを説得し、岩場に掘った溝に強酸を噴きつけさせたのだ。これで水路として水の流れがよくなることだろう。

「ローレンス、わたしが心配するのは、あなたが向こうに行って、囚人扱いされるんじゃないかってこと。あなたを収監しない、テメレアを苦しめるようなことはしない、それだけは約束させたわ。でも、あなたが公式に罪人であるかぎり――」

「それ以上、望むことはないよ」

ジェーンがため息を洩らした。「とにかく、報われないことは覚悟の上で海軍省委員会に働きかけてみたわ。そしてようやくなんとか、卵の孵化に備えてクルーを同行させることを承諾させた。もちろん、あなたのクルーも何人かは連れていくことが許される」

「まさか、エミリーを数に入れてはいないだろうね？」

「あら、あの子を送り出せないってことは、誰も送り出せないってことよ」ジェーンが言った。「だいじょうぶ、あの子はたくましい。かばうことで、あの子を甘やかしたくないわ。あの子はわたしからできるだけ遠いところで鍛えられたほうがいい。あなたには初耳かもしれないけれど、わたし、航空隊大将という地位に就いたの」声をあげて笑った。「ウェルズリー――ああ、そうだわ、いまはウェリントン侯爵ね。彼が画策したの。信じられる？　あの石頭が主張して、わたしを〝一代貴族〟だかなんだかに仕立てあげた。でも、まだわたしを海軍省委員会諸卿の仲間入りはさせたくないようで、それをめぐって侃々諤々の論戦をしているわ」

「心からおめでとうと言わせてもらうよ」ローレンスはジェーンに握手を求めた。

「でも、ジェーン、わたしはこれから地球を半周もする遠い土地へ行く。そこで自分がどうなるかさえもわかっていない――」

「あなたには向こうで任務が与えられると思う。オーストラリアでは、さらに内陸へと植民を進めたいみたいなの。ドラゴンがいれば、その作業が楽になる。いずれにしても、あなたが携わるのは開拓事業でしょうね。もちろん、あなたという人材の無駄遣いにはちがいないけれど」ジェーンはつづけて言った。「わたしたちの関係について、後悔はしたくない。でもね、正直に言うわ、ローレンス。わたしは、あなたがオーストラリアに行ってくれることを喜んでるの。あなたが行かなかった場合に、この国で起こるかもしれないことを考えたくないから」

「内戦を起こすつもりはないよ」

「あなたはね。でも、彼についてはは楽観できない」ジェーンは、ふもとにいるテメレアを見おろした。テメレアは、カンタレラとペルシティアのあいだに起きた口げんかをおさめようとしているところだ。もちろん、イエロー・リーパーたちの半数は、カンタレラの味方になって口論に加わっている。「エミリーに関して言えば、オーストラリア行きはよいことよ。誰にもあの子を特別扱いしてほしくないし、良くも悪くも、エミリーを介してわたしに働きかけてこられるのもいやだわ。ドラゴンが三、四頭いれば、あの子にとって成長するチャンスは充分にあるでしょう。オーストラリアとは艦の行き来も充分にある。むしろ、わたしが心配しているのはキャサリンのほうよ」

トム・ライリーが艦長を務めるアリージャンス号が、オーストラリア行きの輸送艦に決まった。以前も、長旅になるときにはアリージャンス号がよく使われた。トムの妻、キャサリン・ハーコートがいっしょに行きたがったが、もちろん、いま彼女が担うリリーという戦力を英国からほかへ移すわけにはいかなかった。

「問題は坊やをどうするかだけよ」それでも納得のいかないキャサリンが言った。「できるなら、坊やとはいつもいっしょにいたいから」

「あーあ、いつも坊や、坊や」リリーがけっして小さくはない声で不平を言った。

「坊やを海に出すなら、長い旅のほうがいいと思うの。いつか航空隊に入りたいって言い出すかもしれないけれど、ドラゴンは充分にいるから、それからでも遅くはないわ。そもそも、坊やはお父さんといっしょにいるほうがいいのに……」キャサリンが言った。

ローレンスを見送るためにキャサリンとバークリーが基地までやってきて、晩餐をともにしていた。もちろん、ローレンスはいまも法的に囚人扱いであるため、基地から出て食事に行くわけにはいかない。三人はドラゴン舎のなかで小さなカード・テーブルを囲み、ローストした羊肉とパンを食べた。周囲で心地よさそうにまどろむドラゴンたちが、ちょうどいい風よけになっている。

ローレンスはしぶしぶながら意見した。「ハーコート、ふつうなら、こんな忠告はしない。しかし、忘れないでくれ、アリージャンス号は、この航海のあいだ、囚人船になる。乗っているのは罪人たちだ」ふつうの囚人船は年に二回航行するのだが、アリージャンス号はその枠外で出帆し、大きな輸送艦であるため、囚人たちも大量に収容されるはずだった。

「でも、囚人たちが艦のなかをうろつくわけじゃないでしょう?」驚いたように、キャサリンが返すので、ローレンスは囚人船のごく当たり前の状況——壊血病や熱病、赤痢などの蔓延、暴動の危険性——について説明した。そして翌朝、シアネス造船所でアリージャンス号を目の当たりにし、残念ながら、自分の解説が間違っていなかったことを確認した。

自分たちが慣れ親しみ、頼りにしてきたドラゴン輸送艦が、うらぶれた雰囲気を漂わせているのは見るに忍びなかった。乗組員は掻き集められた柄の悪い新米水夫ばかりで、下の甲板から音として——あるいは臭気として——存在を訴えかけてくる者たちと大差ないようにも思われた。囚人を拘束している鉄鎖のガチャガチャという音が絶えず聞こえていた。

有能な水兵たちはもっと名誉ある任務を担った軍艦か、あるいはライリーよりも影響力をもつ艦長に引き抜かれていた。もしかしたら、ローレンスとの深い関わりが、ライリーの立場にも悪い影響を与えたのかもしれない。アリージャンス号には鉄格子が装着され、鉄格子の下の血痕が、最近すでに囚人船として使われたことを示していた。掌帆長とその部下たちが、躍起になって水兵たちを仕事に追い立てている。

港にはもう一隻、別の船も繋留されて、アリージャンス号と同じように風を待ちながら、川を下る準備をしていた。その船はアリージャンス号とは対照的だった。帆走式の平底船で、ドラゴン輸送艦の巨獣のような艦体と比べて、とても小さく、黒ずくめの少数の水兵たちによって堅実に操られていた。帆を黒く染め、舷側も黒く塗装されたばかりで、外観を損なう喫水線も塗りつぶされている。士官たちが直立不動の姿勢をとるなか、黒と黄金の大きな棺がうやうやしく甲板に運びこまれた。

「ネルソン提督の棺だ」ローレンスは、そっと尋ねてきたテメレアに答えた。アリージャンス号も静寂に包まれ、強制徴募された新米水夫のなかのタチの悪い連中さえも、仲間の鉄拳の脅しによって、棺が見えているあいだは口をつぐんでいる。いかつい顔に涙を浮かべる者もおり、帆桁のどこか高いところから、子どものように泣きじゃくる男の声が聞こえてきた。ローレンス自身も一瞬、目頭が熱くなり、とまどいを覚えた。

ネルソンは、〈トラファルガーの海戦〉で英国軍を勝利に導いた。コペンハーゲンから十八隻もの戦利艦を持ち帰り、バルト海の制海権も確保した。そして英国からフランス軍を追い払った〈シューベリネスの戦い〉に臨むまでのおよそ一か月間、みずからの艦隊を率いてイギリス海峡からフランス艦を駆逐し、ナポレオン軍の補給線を断ち切った。ネルソン艦隊は旗を隠し、艦名も塗りつぶしていたために、誰もネルソンが帰ってきたとは気づかなかった。提督への敬愛ゆえに、艦隊が母港に戻っても、五千名以上の水兵のうち一名たりとも脱走しなかった。

一方、その私生活において、ネルソンの不義は大目に見られてきた。ネルソンは大胆きわまりない不義の熱愛によって妻に恥をかかせ、彼の愛人の夫であり友人でもあったハミルトン卿に汚名を着せた。レディ・ハミルトンはフランス占領下で果敢にもスパイとなって祖国に貢献したが、だからといってネルソンの罪が相殺されるわけではないだろう。もちろん、彼の勝利と犠牲的行為をもってすれば、そんなものは些事にすぎないという考えもあるだろう。

しかし、ネルソンの評価を下げる罪深いことがほかにもあった。奴隷制を擁護したことだ。さらには、竜疫を蔓延させて何千頭というドラゴン――敵国のみならず、同盟国と中立国のドラゴンまでも――を大量に殺戮しようという謀略に加わった。ローレンスはそれをけっして許すつもりはなかった。だが結果として、己れのとった行動の代償を生涯背負っていくことになった。

しかし、いまこのとき、埠頭から離れていく黒い平底船と風をはらんだ帆を眺めながら、心に湧きあがるのは、言いようもない侘しさ、裁きとは別のところにある死への悼みだった。もし自分が別の人生を生きていたなら、心の底から悲しみを感じていたかもしれない。

黒い平底船がメドウェイ川を下りはじめると、哀悼の意を込めて空砲が鳴らされた。アリージャンス号の甲板でも大あわての奮闘がはじまり、頼りない砲兵たちが堂々たる三十二ポンド砲をどうにかこうにか扱って、一、二発の轟音を響かせ、ネルソンの棺を載せた船を見送った。だがまだ舷側の大砲を一斉に放つという技量には達していない。

黒い平底船は、ほどなく水平線の向こうに消えた。風と潮に乗り、内陸部へとテムズ川を上っていくのだろう。しばらく遠雷のような弔砲がつづき、それもやがて聞こえなくなった。アリージャンス号の錨索がかすかなきしみをあげていた。この艦の幸薄い日常がすでに背後で再開されていた。ローレンスは深く息をついた。結局、ひとすじの涙も流さなかった。

興味深そうに葬送を眺めていたテメレアが、風をまともに受けないように注意深く翼を広げて、ローレンスに尋ねた。「もうすぐ出帆なの?」

「艦長と乗客が乗りこんでからだね」ローレンスは答えた。「たぶん、あと数日。追い風に変わったら」

乗客ではなく囚人であるローレンスたちは、当然ながら、先に乗艦していた。ローレンスがみずからの公的身分を忘れそうになったとしても、この艦の副長、パーベック卿はけっして忘れなかった。マスケット銃を持った海兵隊員二名を警備として――テメレアにうっかり押し倒されそうなほどぼうっとしていたが――ドラゴン甲板にあがる階段に立たせていた。そして、ローレンスの所持品は、艦尾の梯子通路そばにある小さな暗い船室に、勝手に積みこまれていた。二層下の甲板は、監獄でこそなかったが、監獄に近い場所であり、すさまじい臭気がこもっていた。ここへはくだんの海兵隊員二名もついてきたが、彼らの態度から、罪人をこのまま船室に閉じこめておきたい意思がありありと見てとれた。ローレンスはしかたなく言った。「上にあがったら、テメレアにいつもいっしょにはいられないと、きみたちから説明してくれ」

やがて飛行士たちが三々五々、乗りこんできた。もちろん、搭乗するドラゴンとともに召集されたクルーではないが、その多くはドーヴァー基地から二人組か三人組で派遣されていた。そのうちの二名がジェーン・ローランドの命を受けたキャプテンで、どちらも年配であり、竜疫によって自分のドラゴンを亡くし、地上勤務に変わった者たちだった。経験豊かで、まだ長く軍人生活をつづけられそうな飛行士がこのような任務を求めることは、以前からよくあった。さらにもうひとりのキャプテンがジブラルタル港で乗りこみ、この三名によって、三個の卵がオーストラリアまで送り届けられることになっていた。

三個の卵は、三頭のドラゴンによって慎重にアリージャンス号まで輸送され、厨房の上に建造された卵部屋に綿と布にくるまれて保管された。ただし、これらの卵は、誰が見ても文句のつけようがない一級品ではない。

ひとつはイエロー・リーパー種の卵。ひとつは、チェッカード・ネトル種とパルナシアン種という不遇(ふぐう)な掛け合わせによって産まれた卵で、親がともに大型種にもかかわらず、卵は驚くほど小さく、小型のウィンチェスター種が出てくるのではないかと思われるほどだった。

そして残るひとつは、野生ドラゴンの長(おさ)、アルカディによって運びこまれ、アルカディみずから、これは最近リンジに産ませたものだと得意げに語った。アルカディは卵を手放すことがそれほど残念そうではなく、自分が産ませた卵を自由で開放的な世界に送り出せることに、特別な誇りをいだいていた。ただし、テメレアには卵をよく観察し、面倒を見るようにくどくどと言いわたし、卵を誰にもさわらせないこと、担い手になるのは金持ちしか許さないことを無理やり約束させた。

「出発前に再会できてよかった」ローレンスはサルカイに気まずい思いをかかえたまま言った。略奪隊狩りの野営で会って以来、話す機会はまったくなかった。あのとき、サルカイの言葉はいともたやすく、しかし痛烈に、ローレンスの胸を深くえぐった。彼にそこまで言わせたことに謝罪するべきなのか、それとも感謝するべきなのか、気持ちが定まらなかった。

「別れの挨拶はいりません。わたしもこれに乗るのですから」サルカイが言った。「ライリー艦長が、わたしを客として乗せてくださることになりました」

「きみと彼に面識があるとは知らなかった……」はからずも、なぜきみが来るのだ？と問いたい気持ちがにじみ出た。

「面識はなかったのですが、キャプテン・ハーコートにご紹介いただきました。それに、いまはかなり蓄えもあります。航空隊大将の寛大な計らいのおかげで」ローレンスの驚きを見てとり、サルカイは付け加えた。「わたしは、南半球の大陸にまだ行ったことがありません。旅心に誘われたのですよ」

漂泊への思いがひとりの男に海を渡らせ、地球の反対側まで連れていくこともあるだろう。しかし、自分のさげすむ男といっしょの艦に、わざわざ乗りたいと思うものだろうか。いまは資金もあるというのなら、ほかにも渡航の手段は選べるはずなのだ。

「そうか、きみと旅の友となれてうれしい」と、ローレンスは返した。これ以上いじけたくなかったし、これが自分の正直な気持ちだと信じたかった。

そしてようやく、ライリーが艦に乗りこんできた。潮はすでに満潮に近づき、舷側に波のぶつかる音が聞こえていたが、ライリーは不機嫌そうで、人との交わりを避けているように見えた。もちろん、ローレンスのところにやってくることはなかったが、ふたりのキャプテンにも、少なくとも客であるはずのサルカイにも声をかけようとしなかった。

ライリーはまっすぐに艦長室に向かい、錨を揚げるとき外に出てきただけで、すぐに引きこもってしまった。それでも副長のパーベック卿が仕事を心得ており、不慣れな水兵たちをなんとか波止場から掻き集め、最小限の指示を出して、アリージャンス号を出港させた。こうして、艦はイギリス海峡の黒い波間を滑るように抜けていった。

テメレアは舷側から首を突き出し、波を観察しながら、ローレンスに言った。「ぼくにも、リエンがどうやって波を起こしたかわかるといいんだけど、練習すればできるようになるかな」ローレンスはやめたほうがいいと言ったが、テメレアはアリージャンス号が波をかぶらないようにやるからと抵抗した。そうだとしても、ライリー艦長や水兵たちは喜ばないだろう、というのがローレンスの意見だった。

テメレアはため息をついて、頭をおろした。大勢の仲間が自分のドラゴン舎を建て、もうすぐ賃金の支払いも受けるというのに、また長い船旅に出ることになるのは、けっしていい気分ではない。ドラゴンが一頭もいないという、棲みにくそうな未知の土地に送られるとなると、よけいに気分が沈む。そこがもし快適な環境なら、すでにドラゴンが棲みついているはずだ。過酷な土地にちがいないし、そんなところに卵を持ちこんでいいものかと心配になった。もちろん、卵に悪いことが起こらないようにしたいが、それには重い責任が伴う。にもかかわらず、三個の卵の父親が自分ではないということが理不尽に思えた。

「長くかかるの?」翌朝、テメレアはローレンスに尋ねた。水平線しか見えない単調さにすでにうんざりしていた。気が滅入っていたので、七か月かそれ以上かかると聞いても、そんなものかと思うだけだった。

「ジブラルタル港に立ち寄らなければならない。そのあとはセント・ヘレナ島だな」ローレンスが言った。「もう、ケープ植民地に寄ることはできないから、つぎの寄港地はアムステルダム島になるだろう」

「中国には行かないほうがいいんだね？」テメレアは尋ねた。「陸づたいに行けるんじゃないかと思うんだけど」しかし、ローレンスはそれを望んでいなかった。

「殉教者ぶるつもりはないが」と、ローレンスは言った。「それでも法は守らなければならない。不承不承とはいえ、わたしのために――そう、きみのためにもだ――すでに一度、法が曲げられた。わたしたちの選択した行為が正義だったとしても、それによって、わたしたちに忠誠と責務を求める権利をもつ人々が損失を負い、敵を利することにもなった。このことを簡単に忘れてしまうわけにはいかない。わたしたちが祖国イングランドを前より平和にし、敵の占領から解放して立ち去れることを神に感謝しよう。それについて自分に責められるところはないと思っている。しかし、それでもまだ祖国のために働くことができるなら、わたしはその栄誉を喜んで受け入れ、自分の負うたものに報いたいと思っている——たとえそれが遠回りの道であったとしてもだ」

いまもローレンスが祖国に借りを返していないと言う者がいたら、テメレアは強く反論するつもりでいた。しかしこの件に関して、ローレンスとこれ以上議論したくはなかった。話し合えたらいいとは思うが、テメレア自身がローレンスに大きな借りをつくったと自覚している。ただ、遠い土地へ行くのは気が進まず、航海の退屈はすでに耐えがたいものになっていた。

「左舷艦尾二ポイントの方角にドラゴン発見！」見張りが叫び、テメレアは期待に思わず首をもたげた。戦闘になるかもしれない。あるいは、伝令竜のヴォリーが英国へ呼び戻しにきたのかもしれない。もしかしたら、マクシムスやリリーが旅の道連れになろうと追いかけてきたのかもしれない。ああ、それだったら、みんなで新しい土地に行けるのに……。

「なんだ、期待はずれもいいとこだ。イスキエルカじゃないか」テメレアはむっとしてつぶやいた。いまは、その体から雲のようにたなびく蒸気が見えるほど翼影(よくえい)が近づいている。イスキエルカは相当に疲れているのか、いつもより鈍い羽ばたきで、みっともなくどさりとドラゴン甲板におり立った。竜ハーネスも完全装備ではなく、クルーを伴わず、グランビーだけが首の革帯に搭乗ハーネスを連結して乗っていた。

「なにしに来たんだ？」テメレアは、早くも水の大樽を二個飲みほしたイスキエルカを問い詰めた。

イスキエルカはひと心地ついたように大きなとぐろをほどき、甲板に寝そべった。迷惑なことに、イスキエルカが体を伸ばすと甲板の半分を占めるし、しっぽは舷側から垂れさがっている。テメレアは自分よりイスキエルカのほうがいつの間にか体長において勝っていることを認めるしかなかった。

「きみといっしょに行くためだけど？」イスキエルカが答える。

「まっぴらごめん」テメレアは言った。「これは、ぼくらのための輸送艦だ。きみは勘定に入ってない。とっとと帰ってくれ」

「むり」と、イスキエルカ。「疲れちゃって、飛んで戻ることなんてできない。明日になったら、艦はもっと遠くまで行っちゃってるし。だから、あたしを乗せていくしかないわ」

「もう、なんで、ついてきたがるんだよ」テメレアは言った。

「言ったでしょ、戦いに勝ったら、きみのために卵を産んであげるって」イスキエルカが言った。「だから、約束を果たしに来たってわけ」

「ところが、ぼくはきみに卵を産ませたいなんて、これっぽっちも考えてない！」テメレアは言った。「同じ艦（ふね）に乗るのもいやだね。場所ふさぎだし、蒸気でじめじめする」

「きみほど場所ふさぎじゃないわよ、そんなには」イスキエルカは、なにを言われても、ふてぶてしく返した。「それに、あたしがいると暖かいでしょ。だからもう、うるさく言わないで」

「いや、言う」テメレアは言った。「きみはまた命令にそむいた。わかってるんだ、グランビーがここへ来るのを許すわけがない」

「はっ、いつもいつも命令に従ってばかりじゃいられないわ。で、あたしたち、どこに向かってるの？」

「卵、卵とうるさいこと」グランビーがローレンスに言った。「イスキエルカは、火噴きで、〝神の風（ディヴァイン・ウィンド）〟が使えるドラゴンの卵がほしいんです。そんなにうまくいくわけがないってさんざん言ったんですが、聞く耳を持ちゃしない。だからいまこうして、ぼくがここにいるわけですよ」

「ジブラルタル港でおりたほうがいいだろうな」ローレンスは言った。

「ええ、そうですね――あの子がその気になるなら」グランビーは、げっそりしたようすで、足を引きずって空の大樽に近づき、腰をおろした。

イスキエルカは豚を一頭たいらげ、大満足で眠りについた。その体から規則正しく噴き出す蒸気が、艦首からこぼれ、舷側に流れて長い尾を引き、この輸送艦が着実に祖国イングランドから遠ざかりつつあることを示している。

テメレアがイスキエルカの体をぐいぐいと押しやり、どうにかこうにかドラゴン甲板の半分の陣地を回復すると、冠翼をぴたりと首に沿わせて、体を丸めた。

「旅の連れができてよかったじゃないか、赤道を越える手前までだが」ローレンスは、テメレアをなだめようとして言った。

「旅の連れなんかじゃない――死ぬほど退屈したってね。いっそ、颱風(タイフーン)に遭ったほうがましだ」テメレアは陰々滅々(いんいんめつめつ)と言った。「きっと、卵にだって、いい影響を与えないよ」

ローレンスは、イスキエルカのほうを見やった。グランビーがラム酒のグラスを傾けて、憂いをまぎらわしている。サルカイも甲板に出ており、抜け目なく見習い生にラム酒をボトルごと持ってこさせていた。

「卵についてなら、心配するにはおよばないでしょう」サルカイが言った。

「あいつが、この艦に火をつけなきゃね」テメレアが言った。二層下の甲板や艦尾までは届かないとしても、かなりの数の水兵の耳に入り、心の平穏をかき乱すような大声だった。

「きみは哲学書を読んだほうがいいんじゃないか」ローレンスは言った。「いかにして不遇と向き合うかを哲学から学べる。むろん、どこだろうが、繁殖場よりはましな扱いを受けるだろうけれど」

「ふふん！　どこだって繁殖場よりはましだろうけど、それでもひどい場所はあるよ」テメレアがため息をつき、ふたたび首を甲板におろした。「ねえ、ローレンス。ラッセルの『数学原理』を読んでくれないかな。気晴らしになるから」

「またかい？」ローレンスはそう言ったが、エミリー・ローランドに命じて、下の船室からくだんの数学書を持ってこさせた。エミリーは顔をしかめて戻ってくると、ローレンスの船室の劣悪さについてなにか言いたそうにした。が、ローレンスは首を振って、それをテメレアには言うなと合図した。

「どこから読もうか」そう尋ねたが、答えはすぐに返ってこなかった。

そこで、手もとの本を見おろし、繊細に重ねられたページを指でさぐり、厚い表紙の浮き出し文字をなぞった。革の表紙には金の型押しがほどこされている。手のなかにある、いつもと同じ書物。顔を打つ潮風。そして、そばにはテメレアがいる——。

一見すれば、以前となにも変わっていない。しかしローレンスは、まるで別人に生まれ変わったように感じていた。以前、この同じ甲板にいたときの自分は、もうここにはいない——潮が差し、荒々しい波が砂の城を崩し、すべてを運び去っていったかのように。

「ねえ、ローレンス」テメレアが尋ねた。「あなたは、ほかのなにかのほうがよかった？」

「いや、愛しいテメレア」ローレンスは答えた。「これでなんの不足もないよ」

謝辞

本書の草稿を読んでくださったベータ・リーダーのみなさんに深く感謝したい。セアラ・ブース、フランチェスカ・コッパ、アリソン・フィーニー、とりわけジョージーナ・パターソンに。わたしの原稿整理編集者であるローラ・ジョースタッドにも、格別の感謝を伝えたい。きつい仕事をこなしてくれた。彼女のつくる時系列表のすばらしさときたら、わたしの拙(つたな)いエクセルの表をはるかにしのぐものだった。

エージェントのシンシア・マンソンと、辛抱強い編集者のベッツィー・ミッチェルにも特別に感謝する。ベッツィーは、わたしの頭から締め切りが足音を忍ばせて逃げ出してしまったときも、この頭に火のついた石炭をくべて焚きつけるようなまねはしなかった(そういうことはだいたい夜に起きるのだ。締め切りとは、なんとこすっからい生きものだろう)。わたしの姉ソニアは、きわどい時間的制約のなかで本書を仕上げなければならないとき、わが家のインターネット接続と輝くデスクトップ・コンピュータの誘惑に溺れそうになるわたしを救うべく(一度ならず)家に泊めてくれた。

この際だから、ファン・コミュニティーのみなさんにも、声を大にしてお礼を申しあげておこう。わたしはティーンエイジャーのころから、ファン・コミュニティーに参加し、ファン小説を書いてきた。その経験がなければ、また、そこでのすばらしい出会いがなければ、わたしはいまいる場所にはたどり着けなかったことだろう。さまざまなベータ・リーダーのみなさんに作品を読んでもらうこと、また自分もひとりのベータ・リーダーとして大勢の作家仲間の作品を読むことは、わたしにとって恩典だった。わたしはそこから途方もなくたくさんのことを学んだ。個別にお礼を伝えることはできないし、わたしは彼らのほとんどを、ハンドル・ネームでしか知らない。それでも心から全員に感謝の言葉を贈りたい。そして、この一年、オーガニゼーション・トランスフォーマティヴ・ワークス〔二次創作物協会〕でごいっしょさせていただいた、すばらしきボランティアの方々にもお礼を申しあげておく。

最後に、いつもいつも、わたしの最高の読者でいてくれるチャールズ――わたしが信頼し、わたしを信頼してくれる人、正直な批評という贈り物、さらにすてきな幸福という贈り物をいつも与えてくれる人――に、ありったけの感謝と愛を捧げる。

文庫新版　訳者あとがき

十九世紀初頭、ナポレオン戦争の時代を舞台とするドラゴン・ファンタジー「テメレア戦記」(The Temeraire) シリーズは、本書『鷲の勝利』(Victory of Eagles) をもって第五話となる。

英国軍艦アリージャンス号の艦上で卵から孵った漆黒のドラゴンは、みずからの担い手として艦長のウィリアム・ローレンスを選び、テメレアと命名されて、終生の契りを交わした。この運命の出会いによって、ローレンスは艦長の地位を捨て、航空隊に移籍し、戦闘竜のキャプテンを目指す。養成所での厳しい訓練を経たのち、テメレアとローレンスは数々の任務を負って英国から中国、タクラマカン砂漠、オスマン帝国、プロイセン帝国、さらにはアフリカへと、まさに世界を飛びまわる活躍をつづけた。そして、この第五話において、物語の主要な舞台はまた英国へと戻る。

ただし、今回の帰国は、テメレアとローレンスにとって、けっして晴れがましいものではない。それどころか、将来を見えなくするような暗雲が立ちこめている。

前話『象牙の帝国』(Empire of Ivory)を少しだけ振り返っておこう。英国のドラゴンに蔓延する致死の疫病、竜疫の特効薬となるキノコを、テメレアたちはアフリカから持ち帰り、多くのドラゴンの命を救った。一方、英国政府はフランス空軍の壊滅を狙い、捕虜にした敵ドラゴンを竜疫に感染させてフランスに送り還した。これを知ったテメレアは、英国を除く全世界のドラゴンを滅ぼしかねない無謀で非道な作戦に憤り、ローレンスを説得し、英国独占の特効薬を盗み出してフランスに届けるという、国家への反逆に等しい行動をとる。

もちろん、竜でなく人にとって、これは正真正銘の国家反逆罪だ。ナポレオンから亡命を勧められるものの、ローレンスはみずからの義を貫くために、縛り首にされることも覚悟のうえで帰国を決意する。テメレアはローレンスを慕うゆえに、自分も帰国することを主張した。第四話の最後で、ローレンスはテメレアに懇願する。「お願いだ、新年が訪れる前に繁殖場から去ってくれ——わたしが生きた体で、きみを訪ねていくことがないかぎりは」。それは、自分の命と引き換えに軍部がテメレアに恭順を求めるにちがいないことを、たとえ自分が処刑されてもテメレアに知らされないだろうことを見越したうえでの懇願だった。
引き裂かれたテメレアとローレンスの運命はどうなるのか。テメレアという超弩級(ちょうどきゅう)の空の戦力なくして、英国はナポレオン軍の猛攻に立ち向かうことができるのか。

著者のナオミ・ノヴィクは、〝もし、世界にドラゴンがいて、ナポレオン戦争に参戦していたら――〟という着想をもとに、第一話『気高き王家の翼』(His Majesty's Dragon)を書きあげ、それから十年余をかけて、第九話『ドラゴン同盟』(League of Dragons)で終わる壮大な歴史改変ファンタジーを書きあげた。本書は、シリーズの中間地点にあたる。それだけに、シリーズ前半部をまとめるかのように、主要キャラクターを勢ぞろいさせた渾身(こんしん)の作品に仕上がっている。また、シリーズの後半に向けて物語の舞台をさらに拡げ、キャラクターたちをいっそう自在に動かせるように、これまで以上に大胆で周到な工夫や仕掛けがほどこされている。

たとえば、このシリーズではじめて、ストーリー・テリングにテメレアの視点が導入された。

読者は、読みはじめてすぐに気づくだろう。ペナヴァン繁殖場で、テメレアが孤独の日々を送っている。そこにローレンスの姿はなく、大切な担い手と引き裂かれたドラゴンの、さびしくやるせない心情がせつせつとつづられている。第四話までは、ローレンスの視点のみからストーリーが語られてきたので、読み継いできた読者にとって、テメレアの見ている世界の描写と、彼の心のつぶやきが、とても新鮮に感じられたのではないだろうか。

　これまでのところ、テメレアとローレンスは、ほとんど分かたれることのない相棒だった。しばらく離れることがあれば、読者はローレンスと行動をともにするように、ローレンスの視点から、そこで起こる事象をながめていた。しかし本書では、ローレンスが不在のときのテメレアが、テメレア自身の目を通して語られ、物語の構成に重層的な奥行をもたらしている。孤独の淵(ふち)にあるテメレアがなにを思い、なにをするのか、読者はテメレアのまなざしと心の動きを通して知ることができる。

　こうして、ローレンスとテメレア双方の視点が入れ替わりつつお互いを描き出すことで、竜と担い手の絆と愛情がいっそうきわだち、深みを持つようになった。だからこそ、両者の心がすれちがうときに、読むほうのじれったさも倍増する。また、ストーリーを動かす作者にとっては、〝テメレアの視点による語り〟の導入は、ふたたびテメレアとローレンスを引き離すための準備にほかならず、今後のなりゆきをそれとなく心配していらっしゃる読者も少なくないのでは……はい、この先を知っている訳者は、黙っています。

さて、本書ではこれまでになく史実が大きく改変されていることも、付け加えておきたい。フランス軍による英国本土侵攻は、実際の歴史上のナポレオン戦争では起こらなかった。たとえば〈トラファルガーの海戦〉で戦死したはずのネルソン提督を延命させるなど、これまでにもいくつかの変更はあったが、ここまで大胆なナポレオン戦争史の書き換えはなく、ナポレオンのロンドン入城という展開によって、虚実入り乱れる「テメレア戦記」における虚と実の振り子の振れ幅はぐんと大きくなった。今後も、歴史の巨大な渦が全世界を巻きこんで、予測もつかないかたちで、テメレアとローレンスを翻弄していくことになる。

本書における虚実に関して、もう少しだけ補足しておこう。英国陸軍の将軍として登場するウェルズリーは、ナポレオン戦争で軍功を重ね、首相も務めた政治家、初代ウェリントン公爵、アーサー・ウェルズリー（一七六九－一八五二）を取り入れている。

〝鷲鼻の将軍〟として知られ、本書でも名が明かされる前に顔の特徴が記されていた。
また、和平交渉のために訪英するフランス外務大臣タレーラン（一七五四－一八三八）、ミュラ元帥（一七六七－一八一五）も実在した著名な人物で、機会があれば肖像画を見ていただくと、ふたりの比較がいっそう楽しめるのではないかと思う。

英国のドラゴンたちが異様な熱意で集めようとしている鷲の軍旗。これも実在したが、連隊名などが刺繡（ししゅう）されたフランス国旗が掲げられるのは閲兵などの式典にかぎられ、戦場においてはもっぱら先端にナポレオンの象徴である金色の鷲をかたどった旗竿のみが使われていたそうだ。本書のなかには旗つきの軍旗も出てくるが、ドラゴンたちを魅了したのは、もちろん、旗のてっぺんで輝く、ドラゴンたちが大好きな黄金だったことは間違いない。

旧訳版では、軍事と歴史に関して、海洋冒険小説をこよなく愛するおふたり、葉山逗子さん、只野四十郎さんに数々の貴重な教えをたまわった。数学の記述については古橋竜哉さん、フランス語については小松佳子さんに助けていただいた。この文庫改訂版においても、みなさまにご教示いただいたことを引き継いでいる。この場を借りて深く感謝いたします。そのうえで、最終的な訳文の責任が訳者に帰することも言い添えておきたい。

第六話『大海蛇(だいかいじゃ)の舌』(Tongues of Serpents)も、どうか楽しみにお待ちください。

那波かおり

二〇二二年六月

本書は
二〇一三年十二月　ヴィレッジブックスから
刊行された「テメレア戦記5　鷲の勝利」
を改訳し、二分冊にした下巻です。

テメレア戦記5
鷲の勝利　下

2022年8月9日　第1刷

作者　ナオミ・ノヴィク
訳者　那波かおり

発行者　松岡佑子
発行所　株式会社静山社
〒102-0073 東京都千代田区九段北1-15-15
電話・営業 03-5210-7221
https://www.sayzansha.com

ブックデザイン　藤田知子
組版　アジュール
印刷・製本　中央精版印刷株式会社

ISBN978-4-86389-649-9